マドンナメイト文庫

ときめき文化祭 ガチでヤリまくりの学園性活

露峰 翠

目次

contents

ときめき文化祭 ガチでヤリまくりの学園性活

第一章　マドンナ上級生の手コキ

1

「なあ、後夜祭の伝説、知ってるか」
そう問いかけたのち、青島敦史《あおしまあつし》は昼食の菓子パンにかじりついた。
午前中の授業を終え、いつもどおり、水上瑞樹《みなかみみずき》と向かい合って昼食を取っている。
ただ、いつもと違い、教室の中は騒然としていた。
なぜなら、明日から文化祭だからだ。
午後からは準備で授業はなく、なおさら解放的な空気が漂う。
瑞樹は箸を持つ手を休め、小さく首を横に振るが、頬にわずかな朱がさした。

（あの顔……さては、知らないフリをしているな）

彼女は幼稚園からの幼馴染みで、今までずっと同じ学校に通い、高校二年生の現在はクラスまでいっしょだ。腐れ縁といえば腐れ縁ではあるが、テスト前の勉強をはじめ、いつも世話になっているので、そう思うのは彼女のほうかもしれない。

幸い、仲は悪くなく、その表情から考えを読めるときがたまにある。

それだけの関係にもかかわらず、つき合ってはいない。

（七十九パーセントってとこなんだよな）

顔も性格もよく、なにより互いをよく知っている。

もし告白を決意するゲージを数値化できるなら、あとほんの少しなにか足りない。

それが贅沢だとわかっていても、そう思わずにはいられなかった。

（かわいいのは間違いないし、あの大きなお尻はチョーいいんだけど、三つ編みおさげに丸眼鏡だもんな。幼稚園児ならともかく女子高生ってことを考えると、ちょっとイケてないな。それに、性格は真面目すぎ。宿題は絶対にやるタイプで、朝は寝坊しないし、母親みたいに細々と指示するし、作る料理は家庭料理って感じだし……）

瑞樹の弁当箱は、卵焼き、きんぴら牛蒡《ごぼう》、肉じゃがにサラダの詰め合わせだ。

家庭科部でも次期部長と目される彼女だから、きっとお手製だろう。

仲はよいし、互いをよく知る。ただ、好みとはわずかなズレを感じている。

ひょっとしたら彼女も似たことを思っているのかもしれないが、それは仕方ない。

(その件は置いとくとして、瑞樹が聞いていない想定で説明するか)

口の中のものを呑みこみ、話を進める。

「明日はいよいよ文化祭だ。土曜日は生徒だけ、日曜日は生徒以外も来校する。そして閉会後、体育館で後夜祭が行われる。ここまではいいよな」

「言われなくても知ってるわ。いつもながら、説明がくどいよ」

「ちゃんと順を追うのが、ブンヤの務めだよ」

「なによ、気取っちゃって。ただの新聞部のくせに。そういう言い方がくどいのよ」

瑞樹が呆れ顔で大きな溜め息をつき、肉じゃがを口に含んだ。

彼女がしゃべるのを中断した隙に、敦史は批判を無視して続ける。

「後夜祭では、全校生徒が入り乱れて踊る。今どきフォークダンスってのも昭和っぽくって時代錯誤だけど、もともとは校庭で文化祭のゴミを燃やして、その火を囲んで走りまわっていたのが発祥らしい。で、ダンスの間は次々とパートナーを変えるから、好きな人に近づく格好のチャンスだ。そこで、こんな伝説がある」

敦史の話の先を促すように、瑞樹の喉がコクンと鳴る。

「フォークダンス中に告白し、恋仲になったカップルは幸せになれるらしい」

「ふ、ふうん。そ、そうなんだ……こ、告白ね……」

なにげなく返事しようとしたようだが、視線はあちこちをさまよった。

動揺か緊張かはともかく、女子にとって恋愛は一大イベントなのだろう。

「無事に成立したカップルは、ダンス後に屋上とかで盛りあがるみたいだ」

「も、盛りあがるって、どういうことよ！」

おとなしい性格なのに、ふだんの何倍も声を張りあげた。

叫んだ当人も驚いたらしく、瑞樹は顔を真っ赤にしてうつむく。

「俺も知らないよ。先輩から聞いただけだから」

「ひょっとして……するの、告白？」

顔を下に向けたまま、こぼれた前髪の向こうからこちらの様子をうかがった。

箸でミニトマトをつかもうとするが、弁当箱の中を軽快に逃げる。

「わかってないな。俺が踊ってどうすんの。伝説が真実かどうかはともかく、告白だけでスクープだぜ。万一、スクープを逃したら、新聞部の名折れだよ」

「ふ、ふうん……お、踊らないんだ……じゃあ、し、しないんだ、こく……」

瑞樹は独り言をつぶやいた。

相変わらずミニトマトはコロコロと転がり、箸先が弁当箱をコツコツと鳴らす。

しばらくして、ようやく顔をあげる。

「がんばってね、おもしろい記事を期待しているから。でも、難しいんじゃないの。だって、千人近い生徒がいるのよ。告白なんて誰がするのかわからないわ」

当然の疑問だ。同じ疑問が、新聞部員にもついてまわる。

だからといって、無差別に網を張っていては、スクープは遠い。

「すべての告白はとても予想できない。でも、告白されるターゲットは限定できる。今、校内では二大美少女に男子の人気が集中しているから、そのふたりを追えば、スクープ獲得のチャンスはグッと高まるって寸法だ」

「二大美少女ね……女子の間ではあまり聞かないわ」

「そりゃ、男子がそう呼んでいるだけだからね。ただ、おまえも知っていると思う」

「もったいぶらないで教えて。誰なの、それ？」

「ひとりは、三年生の新城《しんじょう》詩織《しおり》さん。生徒会の副会長で――」

周囲の空気がわずかに揺れ、鼻先は今までと違う香りにくすぐられた。

ほのかに甘さを含んだ清潔感のある匂いで、上品な石鹸から漂うものに似ている。

気づけば、敦史と瑞樹が向かい合っている机の右側に、椅子が静かに置かれた。

その女性が当然とばかりに腰を下ろすと、芳香があたりを舞った気がした。

胸もとのタイは涼しげなブルーで、三年生が使用している。

「どうぞ、続けて。少し待つから」

静かな声ながら迫力のようなものを帯び、敦史は止まっていた口を再び動かす。

「――成績は常に上位。生徒はもちろん教師からも信頼は厚い。言動は大人びてどこか品を感じさせる。告白して撃沈した男子たちは数知れず。誰も突破できないので、鋼鉄の処女《アイアン・メイデン》なんて陰であだ名されているようだ」

そこまで言いきると、右の女性はセミロングの横髪をサッと払う。

「間違ってはいないけど、正しくもないわね。正確に言うなら、テストは三年間ずっとトップよ。それから、私が無下に男子の告白を断っているみたいだけど、私だって男性とおつき合いした経験くらいあるわ」

敦史は錆《さ》びたネジがまわるようにギ、ギ、ギと首を軋《きし》ませて、顔を右に向ける。

新聞部は生徒会から頻繁に情報をもらうので、彼女とは何度か会っている。

ただ、相手は上級生で、直接会話したことはほとんどない。

「新城先輩、どうしてこんなところに！」

「あなたに頼みがあってね。今、お話の途中でしょ。ちょっと待つわ。それから、私のことは詩織って呼んで」

そう言われても、彼女の存在を意識してしまい、頭を切りかえられない。

セミロングの黒髪は、頭部中央から若干右よりのところで左右に分けられ、サイドから一糸乱れず、まっすぐにこぼれ落ちる。髪が揺れるたびに、水の絶えない渓流のように清らかな光を反射した。

眉毛は細く、筆で描いたようにスッと伸び、そのすぐ下の目はやや切れ長で、流麗に調和する。シャープな顔だちはどこか知的で、大人びた雰囲気を醸している。

ぼんやり見蕩《みと》れていると、彼女は、どうぞと言わんばかりに、手のひらを見せて先を促す。

「ええと……話題にした当人が来るとか、運がよいのか悪いのかわからないけど……とにかく、二大美少女のひとりが、生徒会副会長の新城詩織さん」

なるべく右を気にせずに、視線を正面に固定した。

瑞樹も上級生の乱入に緊張しているのか、不自然なまでに顔をこちらに向け、やたらと大きくうなずいた。その反応を確認して、敦史は続ける。

「そして、もうひとりが一年生の江口恵麻《えぐちえま》さん。今さら説明するまでもない――」

そこまで言ったとき、新たな香りに鼻先をくすぐられた。

レモンほど酸味の強くない、オレンジに似た甘酸っぱい柑橘系の匂いだ。

それは左側から漂い、そちらに目を向けると、やはり女性が立っていた。

「お話中なんですね、センパイ。終わるのを待ってます」

彼女は一方的に告げると、椅子を置き、腰を下ろした。

「――けれど、妹天使《いもうとてんし》というアイドルグループのメンバーだ。デビューしたてでまだ国民的とまでは言えないけど、いずれそうなると目されている。最近は忙しいのか、校内で見かける機会は減っている……って、どうして本人がここに！」

「やっぱり、エマのことを話していてくれたんですね。うれしい！」

二重の大きな目をたわめ、満面の笑みを浮かべた。

彼女の前髪はほぼ真横に切りそろえられ、うしろはポニーテールに結っている。

ついこの前まで中学生だっただけあって幼さが残り、清純な妹といった顔だちだ。

「センパイ、おふたりのお話、終わった？」

（ふたり……新城先輩は除かれているのか？）

そんな疑問を抱いた最中、恵麻が身を乗り出したので距離が縮まった。

ブラウスの胸もとには緑色のタイが結ばれ、それが浮いて見える。

（おおっ、デカい！）

身長は高くはなく、顔も幼さがあるというのに、すでに生意気なプロポーションを誇り、豊かな乳房や襟まわりの隙間に視線が吸いよせられる。

かわらしさとセクシーさを備え、男子の憧れを体現した天使が降臨したかのようだ。

(これでまだ高校一年生だもんな……それにアイドルとしてもデビューしたて……)

成長期だろうから、まだまだ発育する。彼女の芸能活動への下馬評も同じだった。

今はメジャーな存在とは言えないが、これから活躍の幅を広げるのは間違いない。

「まあ、終わったと言えば、終わったと思うよ」

話題にした当人たちに乱入されれば、あまりにもばつが悪く、歯切れも悪かった。

「じゃあ……」

左右からの呼びかけが重なった。詩織と恵麻は、互いの顔を見つめ合う。

一瞬、ふたりの間で青白いスパークが飛び散ったかのように錯覚した。

なにもなかったかのように、恵麻がすました声で告げる。

「どうぞ、副会長にお譲りします。敦史センパイよりも年上ですから」

詩織は眉間に皺を寄せて嫌悪をあらわにしたが、すぐに平静を取り戻す。

「私が先に待っていたのよ。順番が先なのは当たり前でしょ。まさか、割りこんでおいて譲るなんて、ずうずうしいことを言われるとは思ってなかったわ」

詩織の応戦に、恵麻はかすかに唇を噛んだ。

改めて副会長は敦史に顔を向け、丁寧な口調で話しはじめる。

「私のクラスではプラネタリウムを上演するんだけど、午後にリハーサルをやるから、取材に来ていただけないかしら」

文化祭の二日間、新聞部では号外を発行し、開門と同時に入口広場で配布する。校内の案内図を兼ねたもので、その中では当日のイベントやクラス企画を紹介する。号外で扱われれば、必然的に大きな宣伝となり、客を集めやすい。

「詩織先輩は、確か一組でしたよね」

敦史は尻ポケットからボロボロの手帳を取り出し、予定を確認する。

「ちょっと待ってください。俺ではないですけど、あとでお邪魔しますよ」

「それをあなたに担当してほしいの。部長には、私から申し入れしておくから」

生徒会役員の手腕をうかがわせながらも、鋼鉄の処女とあだ名されているとは思えない華やかな笑顔を向けた。瑞樹以外の女性に免疫がないだけに、美女の笑みには抵抗できず、ニヤニヤしながらうなずいてしまう。

するると彼女から手をさし出し、握手を求めてきた。

「よろしくね」

「こちらこそ、よろしくお願いします！」

ズボンで手のひらを拭っていると、彼女の手がパシッと跳ね飛ばされた。

恵麻が詩織の手を払ったのだ。

「もう用事は済んだんですよね。次の人が待っているんだから、さっさと替わってくれないと……年上のくせに礼儀をわきまえていないと思います」

生徒から尊敬の念を集める副会長を相手に、いっさい躊躇《ちゅうちょ》せずに駄目を出した。

こちらに顔を向け、年下の天使は人懐っこい笑みを浮かべる。

「センパイ、明日のミニライブは知ってますよね」

「もちろん。校外の友人からチケットがないか、聞かれたくらいだよ」

オープニングセレモニーの一部として、例年、文化人や芸人を呼ぶ。

今年は、アイドルユニット妹天使から、在校生である恵麻だけを招いた。

噂によると、全メンバーに頼むにはギャラが足りないが、彼女ひとりであれば、彼女の厚意で提示価格に応じられるとなったらしい。

ただし、プライベートに近いこともあって、取材や撮影は不可と条件がつけられた。

映画館と同様に、スマートフォンの電源はオフにしなくてはならない。カメラやスマホを構えようものなら即刻追い出され、新聞部さえも例外ではなかった。

「実はですね、ライブ中、撮影は禁止にさせていただいたんですけど……ジャーン！　なんとセンパイに限って、写真を許可しちゃいまーす！」

恵麻の提案に異論はない。スクープが降って湧いたに等しい。

敦史本人がうなずくよりも先に、この机を遠巻きにして様子を探っているクラスメイトから驚嘆の声があがった。

彼らは顔をこちらに向けないだけで、ここでの会話に興味を明らかに持っているようだ。さらに、廊下にも人だかりができていた。

その原因である詩織は頬を赤らめ、少し恥ずかしそうに伏せ目がちに周囲をうかがう。

「困ったわ……ここまで注目されるとは予想外ね……」

「珍しく意見が合いましたね。私もこんなに人が集まるなんて思ってなかったもの」

芸能人として見られることに慣れているのか、恵麻は不満そうに溜め息をついた。

(片方だけでも目立つのに、学年の離れたふたりがいっしょなら、なにか起きたんじゃないかって、みんな興味を持つよ。俺が取材したいくらいだもの！)

左右のふたりに教えたかったが、もちろん言えるわけがない。

「仕方ないわね」

「しょうがないな」

つぶやきが重なり、前のめりになった。

吐息を頬で感じるほどにまで迫り、どちらも口もとを手で覆い隠す。

「後夜祭、待ってるから」

「ダンス、誘ってね」

左右から囁かれ、耳孔の奥を甘く溶かした。

ふたりの言葉を聞き取れなかった群衆が不思議がるなか、敦史は呆然とする。

突如、正面に座っていた瑞樹が、なにかを察したのか、立ちあがった。

「終了！　お昼休みは終わりです。クラスに関係ない人は出てください！」

おとなしい幼馴染みが声を張りあげると同時に、予鈴が響いた。

その音に正当性を得たかのように、彼女はふたりの背中を押し、廊下へと押しやる。

同性だけに、校内の有名人相手でも遠慮がない。

敦史は、三人のうしろ姿をぼんやり見つめる。

(これは告白だよな……いやいや、まさか……でも……ちょっと待て。ひょっとしてスクープを失ったのか。俺はどうすればいいんだ)

突然の春到来を前に、思考は疑問のループから抜け出せなかった。

2

（ご指名ってのはうれしいけど、さすがに取材の連チャンはキツいな）

文化祭では各クラスで必ずなんらかの催事を行うので、全生徒が参加する。

ただし、文化部系の生徒は、クラスの企画には携わらなくてもよい。

瑞樹の所属する家庭科部では、キッチン・マムという名前で食事処を開く。

そして、敦史の所属する新聞部では、文化祭の最新情報を紹介する号外を発行する。

（ましてや、直前に担当がえだもんな）

取材先はあらかじめ部内で割り当てるが、つい先ほど担当が変わった。

副会長が言っていたとおり、急遽、彼女のクラスが対象となったのだ。

（でも、詩織先輩に誘われたら、断れるわけないよ！）

校内でも有名な最上級生からの依頼で、気合も十分にみなぎる。

そうこうしている間に、三年一組の教室が見えてきた。

ほかの教室は、廊下や窓など人目につきやすい場所も飾りつけしているが、このクラスは、外見は平素のままで、まだ授業中といった雰囲気だ。

詩織が扉の前に立っていた。背すじをまっすぐ伸ばし、凛《りん》とした空気を漂わせている。敦史に気づくと頬を少し赤く染め、はにかんだ表情で小さく手を振る。

それを見ると、昼休みの出来事が嘘ではなかったことを確信した。

胸が熱く、鼻息も荒くなる。気が急かされるのを抑えながら、小走りで近づく。

「先輩、今回はよろしくお願いします」

「こちらこそよろしくね……あら。ちょっと待って」

詩織はもう一歩敦史に近よった。

鼻すじの通った整った相貌《そうぼう》が目の前に迫り、彼女の瞳に自分の顔が映るほどになる。

パーソナルディスタンスを越え、恋人にだけ許された距離だ。

ただ、彼女の視線は少し下を向いている。

「お昼、焼きそばパンだったかしら。青海苔がついてるわ」

詩織はハンカチを取り出し、敦史の口のまわりを拭いた。

上品な芳香に鼻先をくすぐられ、やわらかい布地に唇を撫でられる。

それだけで意識は遠のきそうなほど心地よかったが、同時に恥ずかしかった。

(ヤバい。さっきのたこ焼きだ)

ここに来る直前、鉄板焼きをやる三年生のクラスを取材し、現物をご馳走になった。

関西出身の男が作ったたこ焼きと、肉屋の息子が焼くステーキは、味は悪くなかったのだが、説明がくどく、うるさかった。

（あいつらのせいだ。よりによって、詩織先輩の前で恥をかくなんて！）

「直前の取材で食べたからだと思います。それよりも、ハンカチを汚して申し訳ありません。洗ってお返しします」

ひったくるようにして彼女のハンカチをポケットにしまい、当初の目的を思い出す。

「文化祭の準備はどうですか、遅れている感じに見えますが」

まず気になったことを尋ねてみたところ、彼女はいたって平静に答える。

「あいかわらず、ズバッと聞いてくるのね。でも、予定どおりよ。ウチは二班に分かれて作業を進めているの。解説するナビ班とドーム班よ。少なくともドーム完成のめどが立ってから、飾りつけに入るわ」

「なるほど。まずは役割分担して、企画の品質をクリアするってことですか。ところで、先輩はどっちの班なんですか」

「私は名目だけの総監督よ。生徒会の用事もあるから、クラスの出し物はあまり手伝えないの。みんなには悪いけど」

苦笑いする詩織に続いて教室に入ると、フロアーには椅子や机がないにもかかわらず、中は狭く、圧迫感を覚えた。

段ボールに長い定規で線を引く者、それをカッターで切る者、三角形に切り出された段ボールを貼り合わせる者などが、それぞれ作業を進めている。

「へえ。こうやってドームって作るんですね」

「事前に設計図を起こして、まさしく今、鋭意作成中よ。夕方、もう一度来てくれないかしら。そのころにはたぶん完成しているから、写真映えもすると思うわ」

プラネタリウムを観ても、ドームの構造や作り方を考えたことはない。

もの珍しさもあって、ドーム製作中の様子もスマホのカメラに収める。

(文化祭って飲食とか遊び企画に目がいっちゃうけど、理系らしい知的な企画だと思う。さすが、難関国公立クラスと呼ばれる一組だな)

足を止めて写真を撮っていると、何人かのクラスメイトが詩織のもとに来て質問し、なにやら指示を仰ぐ。みんな、明らかに彼女を頼りにしている。

(さっきは名前だけって冗談めかしたけど、本当に総監督なんだな)

当の詩織はよどみなく答えたあと、敦史を奥へ案内する。

机を壁状に積みあげ、そこに暗幕を幾重にもかぶせて、教室を区切っていた。

中に入った際に狭く思えたのはこのためだ。

三分の二ほどのスペースで、ドームが作られていた。

「ドームと投影機が使えて、はじめてプラネタリウムが成立するけど、エンターテイメントとしての質を決めるのがナビよ」

壁の向こうのエリアは、暗幕で仕切られていた。

その入口に男女ふたりがいて、その前に詩織が立つ。

「こちらがウチのナビ役よ。今からリハーサルだから、青島クンはお客さんになったつもりで記事を書いてほしいの」

「実物を見られるんですか。いいですね。プラネタリウムなんて何年ぶりだろう」

「まだ練習だから期待しないで。それに、ドームに映すわけじゃないから、星空自体は見映えが悪いわ。さあ、入ってちょうだい」

詩織が入口の布をめくると、光が暗闇に射《さ》しこむ。鰻《うなぎ》の寝床といった感じの細長い空間だ。奥には机がひとつ置かれ、その上に投影機が乗せられていた。

そして、入口付近には、背もたれを傾斜させた座椅子がふたつ並ぶ。

ナビ役のふたりが先に入り、投影機を操作する。

敦史が座椅子に座ると、最後に詩織も続き、入口の布を丁寧に閉じた。

思わず敦史は、おおと声を漏らす。

ほぼ完璧に遮光された闇に、満天の星が映し出された。市街地では見たことのないきれいな夜空だ。ただ、ドームではないので、星々は暗幕の上に歪《いびつ》に広がる。

「今日はストッキングをはいてこなかったから、少し寒くて……ごいっしょにどう」

隣に詩織も座り、お腹に毛布をかけた。それを敦史まで広げる。

(ふたりで毛布一枚とか、まるで恋人だよ。これ、記念に持って帰りたいな)

頭上の星空以上に感動した。肩が触れ合うほどの距離で、わずか数センチしか離れていない。しかも横並びだから、手を握ることくらい余裕だ。

だが、あいにく、その度胸は持ち合わせてはいない。

(いっそのこと、恋人みたいに腕組みとかできたらいいのに……俺、新聞部としては前に出られるけど、女子にはチキンなのが情けないよ……)

内心で深い溜め息をついた。

心臓が早鳴り、顔は天井を向いていても、真横の女性が気になって仕方ない。

「それじゃあ、リハーサルよ。よーい、スタート!」

総監督の指示で、ナビ役がゆっくりめの調子で口を開く。

——それでは、三年一組のプラネタリウムをはじめます。今から十五分ほどの天体ショーをお楽しみください。まず、頭上の夜空は、九月に本校から見あげたものとなります。現実はここまでクリアに見られませ……。

リハーサルなのだから、本番想定なのだろう。声は大きく、張りもある。

（これでも十分に星空っぽいのに、ドームが完成したら、もっときれいだなんて！）

いやでも完成度の高さを期待してしまう。

漆黒の暗闇に広がる無限の銀河を想像するうちに、ひとつ疑問が湧いた。

説明を邪魔しないよう声をひそめ、総監督に尋ねる。

「ナビ役は台本を見ないんですか」

すると、彼女も顔を寄せ、小声で返す。

「それはもちろん検討したけど、星空を観賞してもらいたいのに、人工的な光が存在するのは無粋でしょ。それに、なにかあっても、ペアだからフォローできるわ」

詩織のしごくまっとうな返事に納得した。

とはいえ、台本なしとなれば、説明役もそうとう練習したことだろう。

――頭上でひときわ大きく輝く三つの星が、夏の大三角です。白鳥座のデネブ、鷲座のアルタイル、琴座のベガ、そして、アルタイルとベガはみなさんもご存じの……。

説明に合わせて、赤色のポインターでそれぞれの星を指した。

その瞬間、総監督から叱責が飛ぶ。

「今指したのは、ケフェウス座よ。リハでも気を抜かないで」
「ごめん。今のは間違えた」
ナビ役の返事で詩織の正当性は証明されたが、正直、敦史はわからなかった。
（カーテンで作った歪な星空だから、星を特定するのなんて難しいと思うんだけど
……手厳しいな。でも、そこが先輩らしくもあるかな）
——一方、東に広がる暗い空で、ひときわ輝く四つの星で描くのは秋の四辺形で、
別名、ペガススの大四辺形とも呼ばれます。ペガススはギリシャ神話に……。
稀《まれ》に詩織から指摘があったが、リハは概ね問題なく進む。
内容も学術的な説明にとどまらず、神話や歴史、雑学を交える。
（クラス企画にしては隙がなく、完成度は高い。これが総監督の力なんだろう）
今、自分の腹を温める毛布でつながっている女性を思い、少し緊張した。
「ちゃんと起きてる？」
わずかに意識を右側に向けた瞬間、尋ねられる。
声にならぬ囁きに耳たぶをくすぐられ、悪寒に似た震えが背すじを走った。
ただ、悪寒とは違って、蕩《とろ》けてしまいそうなほどにくすぐったい。
ほぼ暗闇で見えないものの、すぐそこに詩織の顔があるのは直感的にわかる。

「はい。大丈夫です」

ナビ役の説明が続くなか、敦史も声量を落として返した。

薄暗闇で濃い影が蠢《うごめ》き、迫ってくる。

相手は校内でも人望の厚い上級生で、しかも二大美少女のひとりだ。

路傍《ろぼう》の石たる敦史ができることは、それこそ石のように身体を固くすることだけだ。

目の前の漆黒の圧力はさらに近づき、顔の横をすり抜けた。そして敦史の肩に顎を乗せ、身体は正面から覆いかぶさる。

抱き合ったふたりの体重を支える座椅子が、ギッと小さく軋む。

「なんて言ったの。聞こえなかったわ。でも、バレないように気をつけて」

先ほどと同じウィスパーボイスを、鼓膜はしっかりと捉えた。

同時に、耳孔の縁は極上の刷毛《はけ》で撫でられたかのように、くすぐられる。

息を吸えば、黒髪から漂う上品な薫香が肺を満たす。

さらには、彼女の身体に直接触れ、男子とは異なるやわらかさを感じた。

初体験だらけの刺激が溢れ、脳は冷静に処理しきれず、暴走してしまいそうだ。

とはいえ、このまま流されるわけにはいかない。

「どうしたんですか。ふたりに気づかれちゃいますよ」

詩織も声量のボリュームを最小に抑えながら、敦史の鼓膜に的確に語りかける。

「囁き声で暗闇だもの、大丈夫よ。あなたが退屈してないか気がかりだわ」

「思ったよりも面白くて、全然眠くなりません」

少なくとも、前半は正確ではなかった。

はっきり言うなら、女体が気になって仕方なく、気分は高揚しっぱなしだ。

——北側で……不動の……北極星……太古の昔から旅人たちの……。

解説は遠くで聞こえる雑音でしかなく、温もりを伝える女性に五感を占められる。

「よかった。素敵な記事をよろしくね」

「……もちろんです」

返事をしながらも内心不安があった。敦史は新聞部で文化祭の号外を作る側だ。

(ひょっとして先輩は、俺に提灯記事を書かせたいのかな)

思考に割りこむように、詩織は即座に答える。

「心配しないで。宣伝してもらいたいなら、あなたの部長に相談するわ」

彼女は腕の力を少し強め、密着度を高める。

「来てくれてうれしい。校内だと、ふたりきりで過ごすのは難しいから」

敦史の背中に伸びた腕が、斜めに交差して締まった。

胸板でやわらかな肉塊が押しつぶされ、クッションとなる。

（先輩の、おっぱいだ！）

ワイシャツ越しに女体を感じ、心臓は過去最大級に高鳴り、今にも破裂してしまいそうだ。一方、詩織は、いつもの落ち着いた雰囲気だ。

「キミは新聞部で人に会うことが多いし、私も役職から人に囲まれることが多いから、短い時間でもふたりだけになれてよかった。まるで七夕みたいね」

「アルタイルとベガですか」

「さすが。ちゃんと説明を聞いてくれていたのね。でも、織姫《おりひめ》と彦星《ひこぼし》は悲しい恋の物語だもの。そんなのいやよ。現実は幸せでありたいわ」

幾万の星々に導かれた織姫が彦星と再会したかのように、強く抱きしめてきた。

頬を重ねあわせたまま、唇の先が敦史の耳たぶをかすめる。

織姫と彦星は十五光年離れているというのに、ふたりの距離はゼロだ。

「伊達や酔狂でこんなことしているわけじゃないわ。私は本気よ。返事は後夜祭まで待つから、ちゃんとダンスに誘ってね」

心臓は、ドクンとひときわ強く鼓動した。

詩織の囁きは耳を溶かすほどに甘く、気持ちは完全に傾く。

麗人からの誘いを断る理由は、まったく見当たらない。

しかし、今までカノジョなしの身としては、ひとつ疑問に思わざるをえない。

「でも、どうして、こんな大胆なことを？」

「本当はキミからの告白をただ待っているつもりだったんだけど、強力なライバルたちがいるみたいだから、作戦を変更したの」

少々意外な返答だったので、口をつぐんでしまう。

（詩織先輩なら校内は敵なしだ。その美女をもってライバルと言わせるのは、恵麻ちゃんだろう。確かに、男子の間では二大美少女と並び称されるほどだから、まさに宿敵だ。でも俺、彼女とも接点ないんだよな。だから、ライバルなんて呼ぶのは先輩の勘違いだよ……そういえば、さっきライバルたちって言ってなかったか。恵麻ちゃん以外にも、敵と認めている子がいるのか）

新たな疑問が湧いていたのを邪魔するように、敦史は手首をつかまれる。

「せっかくロマンチックな星空ですもの。雑念は捨てて、もっとロマンスに溢れた行為をするのはどうかしら。私を選べばこんなこともできるのよ」

身体がダイレクトに触れ合うだけで、緊張はピークに達しているというのに、妖艶な囁き声に思考力まで奪われた。

詩織に導かれ、敦史は手を引かれる。

彼女の臍《へそ》、みぞおちを通り、そして女体の隆起へと至った。

（やわらかい……これが本物のおっぱいなんだ！）

生まれてはじめて乳房に触れ、感動のあまりに声を失った。

衣類が邪魔で、肌の質感はさすがにわからないが、豊かなふくらみはクッションかなにかのようにふっくらしている。

「んっ……強くしすぎちゃダメよ……あっ……」

詩織が色っぽい吐息をこぼし、頭の中は桃色に染められた。

男子の悲願が突如叶えられ、もう高校生活に悔いはないほどだ。

本来のプラネタリウムのことは忘れ、ひとりの女性に全集中する。

「女性の身体に触った経験は？」

「い、いえ……あ、ありません……」

ふつうに返事をしているつもりだが、歯が震え、カチカチと鳴った。

「うふふ。緊張しすぎ。その調子だと、パートナーをリードできないわよ。恋人なら、もっとリラックスしないと」

「いえ、そんなの無理です」

「私の身体でリハーサルして構わないから」

蠱惑《こわく》的な言葉で、ますますテンパった。

血という血が体内を駆けめぐり、鼓動はドラムのように激しく響く。新聞部の取材で来たことは頭の中に欠片《かけら》も残っておらず、ひとりの女性に完全制圧された。

(練習なら、このまま胸を揉んでもいいいんだよな！)

指先に力を入れた。だが、ピクリとも反応しない。

それどころか、全身が金縛りにでもなったかのように、微動だにできない。

(どうした……頼む……動いてくれ、俺の手……こんなチャンス、二度とないかもしれないんだぞ！)

緊張と興奮が高まりすぎたせいか、肉体の制御を失っていた。

それに気づくと焦りが混ざり、緊張がさらに増す。

そのぶん、ますます身体は言うことを聞かず、悪循環に陥る。

(最高の状況なのに……クソ！)

身体中に汗が浮き、全身が小刻みに震え出す。

多くの生徒から慕われる女神は、敦史の手の甲にそっと手のひらを重ねる。

「キミって意外と緊張しいなんだね。でも、はじめてなら焦るのも仕方ないわ。きっと、みんな同じよ。少しずつ慣れれば大丈夫だから……んっ」

詩織は敦史の手を自らの乳房に触れさせ、鼻にかかった息を漏らした。

耳もとの色っぽい囁きと彼女の手が、スタートピストルのごとく敦史を後押しする。

己の意志に従って指が広がり、乳房全体を捉えた。

(これが詩織先輩のおっぱいなんだ……大きいな！)

お椀よりもワンサイズ上のふくらみが、たわわに実っている。

存在感があるためか、衣類越しでも女体の温もりとやわらかさを手のひらで感じた。

指先に少し力をこめ、乳房をゆっくりと慎重に揉んでみる。

耳もとの吐息は徐々に荒くなり、熱気が混ざる。

「ん……はうっ……そうよ……その調子……んっ」

大人びた先輩は、後輩の手によって乱れた。

もてあそばれるがままに委《ゆだ》ね、ときには逃げるように、ときにはもっと強くと要求するかのように、腰をくねらせる。

敦史も片手では飽き足らず、いつの間にか両手で乳房を覆っていた。

もはや己の欲望に抗《あらが》えず、肉房の姿形を覚えるべく、指を柔肌に沈める。

何度くり返そうとも、まったく慣れる気はしない。

指先は極上の感触を堪能《たんのう》し、手のひらは豊かな量感を味わう。

しかし、暗闇で十分に認識できないせいか、この場にいない幼馴染みが頭に浮かぶ。

(アイツ、ちょいポチャだから、先輩よりも大きいかもしれないな……)

脳内の想像は、詩織の乳房から見慣れた顔に切りかわった。

少女は表情を曇らせ、なにかを言いたそうで言えない、そんな視線を向ける。

胸の奥に鉛を埋めこまれたような息苦しさを覚えると、詩織が吐息まじりに囁く。

「……んふっ……ねえ、どうかしら、私のおっぱい……」

色っぽいあえぎに耳孔をくすぐられ、急速に現実を取り戻す。

「えっ……あ、ああ……最高です。ただ、見えないのが残念でなりません」

「はじめてプライベートな会話した日に見せるのなんて、恥ずかしくて無理よ。暗闇だからここまでできるのよ」

確かに、ここまでさせてくれただけで、十分に僥倖《ぎょうこう》というものだ。

しかし、男子の欲望は留まることを知らず、今や触れるだけでは満たされない。

「もう少し強くても大丈夫ですか」

「……んもう。仕方ないわね。でも、ただやられっぱなしというのは性に合わないから、ちょっと反撃させてもらうわ……」

詩織は、座椅子に座る敦史の正面から体重を預け、男の股間に手をかぶせた。

ほんのわずかな刺激ながら、甘い電流が背すじを走り、腰を大きく弾ませていた。

校内一の優等生の不意打ちを喰らい、声をあげなかったのは奇跡だ。

「やっぱり興奮しているのね。こんな状況なのに……頼もしいわ」

細い指は力を抜きつつも、明確な意志を持って股座《またぐら》を這った。

硬化した肉棹の長さや、太くなった茎の直径を測るかのようだ。

触られると陽根にはますます血の気がみなぎり、そしてまた計測される。

今や学生ズボンを突き破らんばかりに猛り、欲情をあらわにした。

微弱な接触にもかかわらず、心地よい性感にペニスはビクビク震える。

興奮のあまり、身体は石のように硬くなり、身じろぎひとつできない。

(真面目な先輩が、魔性の女になったみたいだ……)

——秋の星座で忘れてならないのはペルセウス座です。ペルセウスはギリシャ神話で大冒険をする主人公の名前です。彼は、かのメデューサを退治した英雄で……。

リハーサルは淡々と続いたが、その内容はまるで耳に入らなかった。

3

（ああ、すごく硬い……これが青島クンのオチ×チン……）

発情をあらわにした男性器を指先に感じ、さすがに緊張した。

もしここが明るかったら、強張った表情を見られたかもしれない。

それを避けられたのは、運がよかった。

鋼鉄の処女とあだ名されるのは、目標に向かって道を切り拓《ひら》く性格ではなく、現状を守る性格のあらわれと考えれば、どこか納得できるものがある。

だから、年下男子に告白するのはかなり勇気が必要だったし、ましてやプラネタリウムのリハーサルに紛れて彼の肉体に触るなど、自分でもどうかしていると思った。

しかし、心のブレーキが壊れてしまったのか、昂《たかぶ》った感情には抗えない。

「ああ……それヤバいです……」

彼の表情が見えないのは心底残念だが、明るければこれだけ破廉恥なことはできなかっただろう。それならば、もっと大胆にふるまうチャンスかもしれない。

人さし指と中指で肉幹を挟み、付根から先端まで遡《さかのぼ》り、そしてもとのルートを戻る。男性器が性感帯なのはわかっているし、自慰のときにどう刺激するかも知識としてあるので、それを模して二本の指でしごく。

「うっ……あっ、せ、先輩……ううっ」

案の定、喜色に富んだ溜め息をこぼした。判断は間違っていない。

実際、肉棒は今にもファスナーを突き破ろうとするほど逞しく隆起し、手から逃れようと強く跳ねまわる。人体の一部とは思えぬほどエネルギッシュだ。

「大きな声を出したらダメよ」

囁き声をさらに抑えて諭すと、暗闇の中で首肯したのがわかった。

「このまま触るから、あなたも好きなように弄って。強く揉んでくれるんでしょ」

(恥ずかしいわ、自分からおねだりなんて……でも、年上の私がリードしないと、おそらくうまくいかない……だって、あの江口恵麻が相手なのよ!)

一年生ながら、校内きっての美少女だ。

短い時間をいっしょに過ごしただけで、恵まれた容姿に加え、人懐っこい笑顔で人目を惹《ひ》くのが理解できた。

もし彼がパートナーにかわいらしさを求めたら、とても太刀打ちできないだろう。難敵の存在が、感情のアクセルを全開にさせている。

(それに、彼の前に座っていた女子も怪しかったわ)

ステディな関係ではないようだが、ふたりだけに通ずる親密さを十分に感じた。

恵麻ほど目を惹かないものの、警戒するに越したことはない。

(私だって負けてられない。少なくとも江口さんよりも長く彼を見てきたのだから)

もともと生徒会と新聞部は近い距離にある組織なので、互いに親密だ。

今の部長とも頻繁に話すし、部員が同席する場面も多かった。

敦史は部内でも上級生相手によく意見していた。写真の構図、被写体の角度、ときには紙面構成や記事の言葉遣いにも及んだようだ。下級生が上級生の指示を黙って聞き入れるのが普通なのに、下級生が疑問や考えを堂々と述べる姿は新鮮だった。

自らの意志を発信できる性格は年下ながら尊敬できると思っているうちに、いつのまにか憧れが混ざるようになっていた。

(後夜祭までに告白させてみせるわ)

伝説が真実とは限らないが、そこに節目めいたものを感じ、期限を設けた。

「ああ……ああ……先輩の指が、イヤらしく動いている……」

敦史がうっとりと漏らすのを聞き、やるべきことを思い出す。

子供の頭を撫でるように、手のひらで彼のやんちゃ坊主を愛《め》でる。

硬くふくらんだ感触は、自分の魅力やサービスへの偽りなき返事だ。

彼が悦んでくれれば、それだけ心を満たした。

それに、この特殊な状況が、淫猥な感情を高揚させる。

——かくしてペルセウスはメデューサを退治しました。ペルセウス座でも強く輝くミルファクが、ペルセウスの持ち帰るメデューサの首といわれ……。

「気をつけて。アルゴルよ。星の名称は正確に覚えて」

——ペルセウス座でも強く輝くアルゴルが、ペルセウスの持ち帰る……。

ナビ役の女子は説明を正し、リハーサルを続けた。

特段この状況に違和感を抱いていないようなので、内心安堵《あんど》する。

(暗闇とはいえこんな不埒《ふらち》な行為をしているなんて、バレるわけにはいかないもの)

さすがの詩織も、緊張と細心の注意を強いられた。

後夜祭まで残り時間は短く、ライバルも手強い。それまでに自分のことをよく知ってもらうため、多少強引でも手段を選んではいられない。

詩織の身体の下、彼は釣りあげられた魚のようにピクピクと腰を弾ませる。

「先輩に触られると、天に昇っちゃいそうです……でも、負けられません！」

乳房を包んでいた彼の指が、めいっぱいに伸び、広がった。

指先をめりこませ、女の肉をゆっくり捏《こ》ね返す。

左右を同時に揉んだかと思えば、今度は交互に押しつぶした。

ふたりの胸板の狭間で無残に形を変えられ、詩織の胸は好き勝手にもてあそばれる。

「んっ……はふっ……強引なのね……嫌いじゃないわよ……んんっ」

強いあえぎを漏らし、下唇を噛んで無理やりに声を抑えた。

少しでも異変があればすぐにバレてしまう状況のなか、乱暴に乳房を弄られると、それだけ自分を情熱的に求める欲望が伝わり、性感が強まる。

身体の内側で流れる血潮が熱くなり、淫らな気分をいっそう高めてしまう。

「ああ……いいわあ……感じてきちゃったかも……」

ふしだらな感情を包み隠さず伝えると、彼も正直に返す。

「俺もすごく気持ちいいです。でも、先輩にはもっと感じてほしいです！」

彼の指は肉房のまるみをなめらかに滑り、中央に集まってきた。

五本の指先はブラのカップの上から一点を摘まみ、わずかに捻《ねじ》りあげる。

「ヒッ……ごめんなさい。続けて！」

不覚にもあえぎ声を漏らしてしまい、リハーサル中のふたりに告げた。

暗闇の睦《むつ》ごとを遂行するべく、唇をいっそう強く噛む。

一方、敦史は、手応えめいたものを覚えたようだ。

「やっぱり乳首なんですね。ここが弱いんでしょ」

下着の中でわずかにしこったとがりを探し、集中的に攻撃してきた。

もちろん、ブラウスとブラの布地が邪魔をしてうまく摘まめないときもあるが、指先を駆使して小さな乳頭を抓《つね》る。

(いけない……これ、けっこう感じちゃうかも……)

敦史は乳首に狙いを定め、執拗に指先に力をこめる。

下着によって力を何割か失いながらも、彼の指は過敏な突起の表面をかすめた。

もどかしい刺激が何度も何度も与えられ、しかも叫ぶことも払うこともできず、拷問のようだ。乳頭は微弱に痺れ、そして、もっとと言わんばかりにふくらむ。

彼の指がブラの上から乳首を捻り、ギュムッと圧力がかかる。

「先輩の乳首、すっかり硬くなって、服越しでもわかります」

そう告げるかのように、正確に狙ってきた。

しかし、実際に摘まれることはなく、それ以上の刺激を望んでも満たされない。

曖昧《あいまい》な刺激にくすぐられ、ムズムズした性感が乳房の先っぽに募る。

「あん……んんっ……はふっ……んぐっ」

これまでは、敦史を上から覆いかぶさっていたものの、いくらかは自分で体重を支えていたが、今や身体に力が入らず、完全に体重を預けるまで崩れる。ただ、かろうじて、口もとを覆ってあえぎを遮断した。

（こんなに胸が弱かったなんて……おかしな状況のせいかしら……でも、あなたにも私を感じてほしいわ）

己に活を入れる。止まっていた左手で、ズボン越しに大胆につかむ。

彼はウッと息を切らしたが、それには構わずに、ゆっくりと上下にスライドをはじめる。

「まさか先輩にシコってもらえるなんて……」

敦史が耳もとでうっとりと漏らした。ズボン越しに勃起を捏ねていると、棒の内側を走る芯がさらに太くなり、肉棒は手を押し返すほど隆起する。

「スゴい……こんなに硬くなるのね……」

口を右手で塞いだまま、男性の自慰を思い浮かべ、肉幹を左手でしごいた。最適な力加減や速度はわからないが、間違っていないことは荒い吐息が証明している。

「はあ……はあ……先輩、あの……」

声量を最小限に抑え、耳たぶに接吻するほどの距離で囁いてきた。

男の低い声が耳孔を伝い、鼓膜を甘く震わせる。

羽毛で撫でられたかと思うほどに微弱ながら、聴神経が蕩けるほどに快い。

「んんっ……な、なにかしら。なにかおねだり？」

お返しとばかりに彼の耳の奥に向かって、そっと囁いた。

詩織の身体の下で、ビクンと大きく跳ねる。

「お願いがあります……その……もどかしくて……しっかり握ってほしいです」

「もっと強くね。かわいい後輩に頼まれたら、無下には断れないわね」

やむなくといった雰囲気を醸しながらも、もちろん自らも興味が湧いた。

五本の指でシャフトを包み、リクエストどおりに、強めにつかむ。

ゆっくりスライドすると、耳もとで吐息まじりに低く呻く。

「うう……先輩の手つきがエッチで……最高です……ああ……」

「これぐらいがいいのね。了解よ」

手はしっかりと男性器の感触を捉えた。ペニスは握り拳一個半ほどの長さで、先端が錨《いかり》みたいにふくらみ、堂々と反り返っていた。

人体の一部とは思えないほどに硬く、今にもズボンを突き破りそうだ。

（私で感じてくれているのね……）

こうした行為がまったくのはじめてというわけではないが、それでも慣れているわけではなく、どこか不思議な感じがした。

しかも、想像以上に敦史が悦んでくれるのを指先で実感するうちに、男性に奉仕することに意義を見いだす。

「ここがいいのかしら。それともこっち？」

肉筒を上下にピストンするのに加え、ときおり亀頭と陰茎との境目を揉んだり、先端に手のひらをかぶせて撫でると、刺激が新鮮なのか効果があるようだ。

詩織の片手だけで、彼はモジモジと腰をくねらせて翻弄《ほんろう》されている。

「せ、先輩……うう……お、俺は、雁首が……あう」

亀頭の括《くび》れを強めにしごくと、呻きながら腰を浮かせた。

「もう限界かしら。このまま出しちゃう？」

苦しそうな反応は強い性感の表れであり、限界が近いのを推測させた。

思わず唇を端から舐めあげる。男性を困らせ、感じさせることは存外に楽しく、詩織自身の奥深くに眠っていた嗜好《しこう》が目覚めたかのようだ。

「ねえ、出しちゃいなさいよ。そうしたら、スッキリ……ひゃん！」

全身に甘い痺れが駆け抜け、悲鳴をあげた。

敦史が反撃に転じ、無防備な詩織のふとももを撫でたのだ。

今さら口を覆ってももう遅く、ねっとりとした冷や汗が背すじを伝う。

ナビ役の女子が解説を止めたので、心配されているのかもしれない。

「ごめんなさい、しゃっくりが急に出ちゃって。ちゃんと聞いているから続けて」

早口言葉のように一気にまくしたてたあと、声量を最小限に戻す。

「ちょっと、危ないじゃないの！」

「それはお互いさまです。俺からも行きますよ！」

男の少し無骨な指先がスカートの中に忍びこみ、そろそろと遡る。

「先輩の足、スベスベですね」

彼は徐々に触れる範囲を広げてゆく。ふとももを撫で、内股にまで指を這わせた。

意外なところが性感帯であることを教えられる。

(ああ……足まで感じちゃう……意外とマズいかも……)

彼の手がスカートの奥に忍びこむにつれ、今度は詩織が腰をピクンと弾ませた。

足はほぼ無防備のため、直接触られるうちに強い刺激を享受する。

集中力があまりに乱されるので、足を閉じて彼の手を追い払おうとした。

「ダメですよ、先輩。足は開いたままでいてください」

「ズルいわ」

「そんなことないです。先輩も俺の身体に触っているじゃないですか。俺だって先輩の身体にたくさん触りたいんです」

それを言われるとさすがに弱く、反論のしようがない。

詩織の無言を肯定と捉えたのか、彼の指は鼠蹊部《そけいぶ》をすぎ、ショーツへと迫る。

そのまま、やさしい力加減でクロッチへと伸びてきた。

彼の指が触れた瞬間、クチュッとかすかに湿った音が漏れる。

「先輩の……濡れてる……」

敦史の声を聞き、恥ずかしさのあまりに消えてしまいたいくらいだ。

頬が熱いのが自分でもわかるほどで、きっと顔も真っ赤だろう。

「もう……青島クンったら。こんなに感じたのは、あなたのせいよ。だから、あなたに責任を取ってもらうわ」

彼の反撃を許しつつ、自らも攻撃を再開した。

今や詩織も責められ、加減を失う。半ば力任せに肉棒を握り、上下にしごきたてる。

「う、うう……どう、わ、私の手……き、気持ちいい？　はぅ……」

そう問いかけたものの、彼の悪戯《いたずら》で呼吸は乱された。

男の指先は亀裂にそってクロッチを這い、下着は恥蜜によって肌に貼りつく。

さらに、敏感な陰核に触れる際には、少し爪を立てるように引っかく。

不慣れなせいか、少々雑な感じがするものの、下着越しで刺激が弱まり、それが適度な快感へと和らげられる。

「自分でシコるより、千倍感じてます……どうですか、俺の指は。感じていますか」

改めて問われると、年上としての矜持《きょうじ》が天邪鬼《あまのじゃく》にさせる。

「そ、そんなことないわ……ま、まだまだよ……んっ。ダメよお、そんなにそこを弄らないで……それより、あなたのほうこそ、本当はもう我慢できないんでしょ」

絶頂に導くべく、詩織の手筒は雁首の段差を何度も何度も擦《こす》った。

その間、彼は硬くとがった陰核に狙いを定め、爪先で弾く。

ウイークポイントを集中的に嬲《なぶ》られ、強い性感が高波となって押しよせる。

今までは腰をくねらせてどうにかやり過ごしていたが、表面張力で耐える水面のように限界が迫る。だが、ひとりで撃沈する気はない。

「んっ……青島クン、もう出しちゃいなさいよ」

「先輩こそイッたらどうですか。クリトリスがピンピンじゃないですか」

頬を重ね、熱い吐息まじりにそれぞれ囁き合った。

鼓膜の奥をくすぐられ、首すじから崩れる感覚がはじまった。
積もりに積もった性感は、もう堪《こら》えられないところにまで達する。
ショーツの上から、陰核を甘くかかれた瞬間、腰が震えた。
自分の意志では制御できない高波に呑まれ、ヒッとかすれた悲鳴を漏らす。
陶酔的な痺れが全身に広がり、彼をキツく抱く以外、なにもできなかった。
甘美な肉悦に理性を断ちきられ、波に呑まれたかのような浮遊感を覚える。
（あぁっ。私、今イッてる……）
奥歯を嚙み、声を出さぬよう必死で堪えた。
額を座椅子の背もたれに強く押しつけて、ヒップを弾ませる。
身体が大きく脈打つたびに、腰から蕩けてしまいそうだ。
ドクン！　ドクン！　ドクン！　ドクッ……ドクッ……！
（まさか、イカされちゃうなんて……）
暗闇で少しイチャイチャしようとしただけだが、ここまで流されるとは意外だった。
だが、決して悪い気分ではない。
鼓動が徐々に落ち着くようになると、聴覚を取り戻す。
——たまには現実の星空を見あげるのはいかがでしょうか。以上で三年一組のプラネタリウムは終了です。ご静聴ありがとうございました。

どこか気怠《けだる》くも清々しい気分で上半身を起こすと、ちょうどリハーサルが終わった。

ぼんやりしたまま本来の座席に戻り、背中を預けたまま大きく深呼吸する。

すると隣の敦史が拍手し、椅子を軋ませた。

「興味深いプラネタリウムでした。明日が楽しみです。夕方また来ます」

彼はそう早口にまくしたて、問答無用に出ていった。

「ずいぶん慌ててたな。インタビューくらいしてくれてもいいのに」

ナビ役男子の声をどこか遠くに聞きながら、詩織は背もたれに深くもたれた。

ふと左手の指先の匂いを嗅ぐと、魚介の生臭さにも似た複雑な香りが漂う。

残り香に誘われ、考える間もなくチロと舐めた。

彼は逃げたわけではなさそうだと安堵しつつ、息を整える。

「練習したかいがあったと思うわ。本番までに、完成度を高めましょう」

彦星は去ったのだ。恋する乙女から、いつもの自分に戻らなくてはならない。

オルガスムスから徐々に冷めるのを感じながら、身体をノロノロと起こした。

第二章　アイドル下級生のパイズリ

1

「それでは文化祭スタートです！」

生徒会長のひとことで、講堂は歓声に揺れた。

ふだんは校長が長話をする演壇を生徒会メンバーが陣取り、開会宣言が行われた。

壇上では、生徒会長から副会長にマイクが渡される。

「次のオープニングイベントまで二十分間の休憩を挟みます。オープニングイベントに参加する方は席に残り、教室に戻る方は――」

連絡事項を読みあげるだけにもかかわらず、多くの男子は詩織の美貌に見蕩れた。

もちろん、敦史もそのひとりだ。見ているだけで股間が急速に熱くなる。

（昨日のあれは夢じゃなかったんだよな！）

三年一組を取材したとき、ふたりで同じ毛布をかけ、しかも詩織の股間をまさぐった。それどころか、彼女からも男根をしごかれ、射精にまで導いてくれた。

女子に触られる快楽は、自らを慰める行為とは雲泥《うんでい》の差だった。

（もう恋人同士の行為だもんな。やっぱり先輩は俺を好きなんだ！）

昨日、詩織が敦史のもとに来たときは正直疑念もあったが、そうではないことが行為をもって証明された。もっとも、直後にトイレの個室に駆けこみ、パンツに漏らした精液を拭くのは情けなく、下着を穿いたままでの射精は絶対にやめようと誓った。

「アッくんは、このあとどうするの」

横に座っている瑞樹が尋ねた。いつもどおりの三つ編みで、壇上の詩織みたいにストレートにしたらもっと大人っぽいのだろうかと、当人には告げにくい疑問を抱く。

「俺は撮影で前に移動するよ。瑞樹はどうすんの。部活の準備はいいのか」

「ライブを観るくらいの時間はあるよ。私、生ライブってはじめてだから楽しみ」

生ライブってヘンな言葉だよなとツッコミを入れようかと思ったが、彼女が目を輝かせているのに気づいてやめた。敦史も同じく、生ライブは初体験なのだ。

「じゃあ、あとで家庭科部に寄るから」

首から提げたカメラを手で支えた。新聞部で所有する一眼レフで、ふだんは部長が使用する。ただ、この時間は恵麻の独占撮影を許された敦史に貸し出された。

なぜなら、スクープはもう約束されているのも同じだからだ。


「やっぱりライブってイイよね！」

明るい声がスピーカーから大音量で響くと、それを打ち負かすほどの歓声が客席から返された。男子の野太い叫びや女子の黄色い声が渾然一体《こんぜんいったい》となり、背中がビリビリと震えるほどの声援が、ステージ上の女子に送られる。

江口恵麻のミニライブは、講堂を熱狂の渦に包んでいた。

敦史もまた高揚感に包まれ、舞台下からシャッターを切る。

(やっぱプロってすげえな！)

たったひとりでステージに立つ下級生に、素直に感心した。同じ高校生、ましてや下級生ではあるものの、敦史にはまったく太刀打ちできない。仮に、彼女と並び称させる詩織がステージに立っても、この熱狂は生み出せないだろう。

(あっという間に観客を味方にしちゃうんだもんな)

歌い出しはまばらな拍手だったが、二曲を歌い終えるころには大声援になった。

生徒の中には「どうせ口パクだろ」と陰口をたたく者もいたが、そんな彼らを黙らせる歌唱力と躍動するダンスを見せつけた。

生活指導の堅物教師までが必死に腕を振り、声を張りあげて応援している。

(妹天使って確か七人グループだから、全員そろったら破壊力はこの七倍か。それとも恵麻ちゃんが突出しているのかもな。なにせリーダーだし……)

恵麻は、ステージ用の派手な衣装を着ていた。ワンピースの水着っぽい上半身で、腰には花びらを思わせるスカートを穿いている。どちらも鮮やかなイエローで、さながら花の妖精といったところだろうか。

二曲続けて熱唱したせいか、頬をほんのり紅潮させていた。

運動直後のように額から汗を垂らしながらも、笑顔は崩れない。

いや、恵麻は心から楽しんでいるのかもしれない。

マイクを握りながら、舞台袖に向かって歩く。

ヒールが、コツンコツンと舞台の木板をたたく。

そちら側に座っている生徒たちから、黄色い歓声があがった。

恵麻は、疲れを見せるどころか満面の笑みで、手を振って返す。

(おおっ。やっぱかわいいな。あとで恵麻ちゃんの歌をダウンロードしないと……って、俺が見蕩れてどうする。写真、写真！)

本来の目的を思い出しながら、シャッターを切った。

彼女は舞台袖に控えているマネージャーからペットボトルを受け取る。ピンク色の唇をボトルにつけ、華奢な顎をあげて、水を飲み下す。汗が頬や首を伝い、小さな宝石のように煌《きら》めく。白い喉を規則正しく揺らす仕草さえも愛らしい。

(ああ、俺はなんであのペットボトルじゃないんだろう！)

ボトルの口を深く咥えた姿を写真に収めながら、そう思ってしまった。

水分補給すると、マネージャーは恵麻の額の汗をタオルで細かくたたく。

わずか数秒のピットインののち、ステージ中央に向かって足を踏み出す。

「エマは、高校の文化祭ってはじめてで、ずっと楽しみにしてたんだ。焼きそばでしょ、お好み焼きでしょ、それにクレープ！」

客席から、大盛りにするよと、合いの手が入った。

「ああっ。ワタシのこと食いしん坊と思ってるんでしょ！」

一瞬、客席に向かって頬をふくらませた。その直後には笑顔に戻り、客席のあちこちに手を振りながら、ステージ中央に向かって歩く。

「ほかにも面白そうなトコ、たくさんあるよね。オバケ屋敷、家庭科部、それにクイズとかもまわりたいな。プラネタリウムもスゴいって新聞に書いてあったね！」

(俺の記事だ……ひょっとして、意図的に取りあげてくれたのかな)

講堂にいる生徒に、校内新聞のことを宣伝してくれた。

恵麻が敦史に特別な感情を抱いているのは間違いない。

ただ、昨日はじめて会話したくらいなのだから、にわかには信じがたい。

本心を知るには、彼女の言動を通じて認識していくしかない。

「みんなで最高にハッピーな文化祭にするよ！」

舞台から呼びかけると、呼応する歓声があがった。

恵麻が、ステージ下の敦史の前を横切った。シャッターチャンスだ。

敦史の視線に気づいたのか、ファインダーの中で軽くウインクする。

大きな愛らしい瞳が閉じられた瞬間、そこからハート形の光線が飛んできて、敦史の心臓が打ち抜かれた気さえした。

破壊力抜群の笑顔に呼吸さえも忘れ、全身が機能停止する。

彼女が敦史の前を横切り、オートフォーカスが天井にピントを合わせたとき、ようやく指先がシャッターボタンを押した。

（ヤバい……これはヤバいかも！）

理性を取り戻した次の瞬間、心臓が大きな鼓動を打ち、体中の血を入れかえた。

全身が熱く、風邪をひいたときのように意識が散漫になる。

一瞬にして、彼女のかわいらしさに打ちのめされた。

ステージに立つ彼女は、ふだんの何倍もの輝きを放つ。

ライブの高揚が、彼女の魅力をいっそう高めていた。

（本物の芸能人って違うな……いや、そんなことより今は写真を撮らないと！）

ウインクの意図はともかく、最上級のシャッターチャンスを逃したのは間違いない。

高価なカメラを借り、独占撮影まで許してもらいながら、デキの悪い写真ばかりとあっては新聞部の名折れだ。名誉挽回《ばんかい》とばかりにカメラを構え直す。

恵麻はステージの中央に立ち、マイクを胸もとで持つ。

「今日は応援してくれてありがとう。残念だけど、もう時間なんだ」

場内からは、ブーイングにも似た不満の声があがる。

「ごめんね。でも、エマも校内のあちこちに行くつもり。また会えるから、心配しないで。それじゃあ、ラストナンバー、知ってる人はいっしょに歌ってください！」

スピーカーから電子ドラムの軽快なイントロが流れる。

（恵麻ちゃんのデビュー曲だ。さすがに在校生なら、みんな聞いたことあるだろう）

我が校から輩出した現役アイドルだけあって、彼女を応援する生徒は多い。

放送部でも彼女の曲をよく流すので、校内にいれば必然的に聞かされる。

イントロを終え、恵麻はマイクを構える。

〜シロップたっぷりハニーケーキ　あのコが好きだった
彼女が歌いながら一歩前に出た。

敦史は、ライブ中に気づいていた。彼女はある一定のラインより前には立たずにいる。たぶん、万一の確率であっても、ステージ落下や観客とのトラブルがないようにするためだろう。

だが、ラスト一曲になって、そのルールが変わった。

（おおおっ。シャッターチャンス！）

恵麻が今までにない隙を見せた。

いわゆるパニエスカートは裾の丈は短くも、花が咲くかのように軽やかに盛りあがり、内側はフリルで幾重にも飾られている。

今までは角度が浅く、当然内側は見えなかった。

しかし、彼女が前に出たので、舞台下からスカートの中が見えそうになる。

〜ちょっと爽やかなミントアイス　よく頼んでいたよね
ダンスをしながら歌えば、大きく開いたスカートの裾も右に左にスイングした。

フリルが軽やかに揺れ、愛らしさを演出する。

ローアングルからそれを見ると、かわいらしさとは違う魅力がアピールされた。

（大胆な脚線美！）

白いふくらはぎは、なだらかにカーブして足首に至った。

均整の取れた美脚はそれだけで多くの目を惹き、男女ともに魅了する。

当然、敦史もファインダー越しに必死にシャッターを切る。

（内腿までバッチリ見えるじゃないか！）

妹っぽい清純な笑顔を浮かべながらも、抜群のプロポーションやナマ肌を見せられれば、男子はつい性的な視線で見てしまう。

小さなステージだからこそ許されたわずか数メートルの距離、しかもローアングルは、恵麻のフォトジェニックを最高点に到達させた。

かわいらしさと肉体美が、歌とダンスを通じてステージから溢れんばかりだ。

（えっ……まだ前へ出るのか）

曲が間奏に入ると、恵麻が身を乗り出すように、ステージの最前線に立っていた。

客との一体感が高まり、歓声も大きくなる。

恵麻が近づいたぶん、敦史は腰を落としてカメラを構える。

（ひょっとしたら、パンチラを狙えるかも）

裾の開いたスカートの内側は、フリルが幾重にも覆っていた。

恵麻がステージの縁に立ったことで、男心をザワつかせるアングルに迫る。

（もっと角度をつけないと！）

恥も外聞もなく、ほぼ伏せていた。急角度でスカートの中にレンズを向ける。

恵麻は気づいていないのか、踊りながら威勢よく足をあげる。

彼女のオーバーアクションを生徒たちは喜び、敦史も違う理由で喜ぶ。

（おおおっ。やっぱり、ピンク！）

白いフリルを裂くように足が大胆に開くと、その瞬間、薄桃色のものが見えた。

角度的に、ステージ下の敦史だけに許された眼福だ。

恵麻の下半身を狙い、メモリーカードを埋めつくす勢いでシャッターを押す。

（新聞部のみんなには秘密だから、あとでデータを抜いておかないと……これは見せパンかな。でも、それならステージ衣装に合わせて目立たなくするはずだよな）

答えのない疑問に囚われつつも、目の前の被写体に必死に食らいつく。

〽ちょっぴりビターなチョコレート　今日のキブンはオトナなの
二番が終わり、間奏の際、背後の客席からひときわ大きな歓声があがった。
それに応えようとしてか、恵麻は限界まで前のめりになる。
「みんな、今日はありがとう！」
ステージは最高潮に達し、客席の声援はあたりの空気を震わせるほど轟《とどろ》く。
(これはスゴいことになってきた)
もちろん、敦史の関心は、ライブではなく写真だ。
(パンチラどころか、パンモロも狙えるかもな。今夜は、はかどるぞ！)
敦史が激写の興奮にあるなか、恵麻も観客も興奮していた。
最後の曲とあって、今までのピークを越えた熱狂で、会場は一体感に包まれる。
恵麻は足を踏み出し、大きく手を振る。
内股のきわどいところまでチラリとのぞかせ、敦史はファインダーに食い入る。
「ありがとう。ありがとう、みんな。愛し――」
大音量のカラオケに紛れ、ヒールがカツンを鳴った瞬間、舞台の主は姿を消した。
突然の出来事に客席は凍りつき、歓声が一瞬やんだ。
軽快なカラオケが虚しく響きつづける。

2

「センパイのおかげで助かったわ。大好き！」

控室で、恵麻はヒマワリのような鮮やかな笑顔を浮かべた。

ミニライブは大成功だったと言えよう。

恵麻が舞台から落下するという予想外のアクシデントが発生し、場内は静まり返った。にもかかわらず、歌声は続いた。

つまり、落下ではなく、飛び降りたのだ。観客はそう理解し、歓声が再開した。しかも、恵麻が観客とハイタッチで場内をまわれば、興奮は鰻のぼりというものだ。

「たいしたことはしてないよ」

全開な笑顔に心をときめかせながらも、素直には喜べない。

実際のところ、恵麻はバランスを崩して舞台から落下した。

その際、真下の敦史がクッションの役割を果たし、恵麻は無傷で済んだ。

ライトの当たらない舞台下にいたため、愚行はバレておらず、それどころか、マネージャーからは何度も頭を下げられた。

(実際は、パンチラ狙いで真下にいただけなんだけどね)

真実を告げるわけにもいかず、情けなさがついてまわった。

つけ加えると、彼女を受け止めた衝撃でカメラはお釈迦《しゃか》になった。

修理費は事務所が負担してくれるということだが、よりによってメモリーカードを破損した。大盛りあがりだった観客とは違って、敦史は落胆を隠しきれない。

「いやあ……でも、さあ……」

講堂の用具室が控室で、ライブ後にこっそり招待してもらった。

長机を化粧台にし、中央を主役たる恵麻が陣取り、端に敦史が座って見ている。

「んもう。センパイったらそんなに落ちこまないの。たかだかカメラじゃない」

恵麻は長い髪を両手でかきあげ、ポニーテールに結った。

日焼けとは縁遠い、白い肌があらわになる。

首すじは細長く、スッとまっすぐに伸びていた。

わずかに黒髪がほつれ、しかもライブ直後で汗に濡れている。

(スゴい運動量なんだろうな……)

彼女は声を張りあげ、ダンスもほぼ休みなしだった。それを三曲分行ったのだから、かなりの運動になる。今は全身汗まみれで、排熱中といった感じだ。

（さすがプロだな。写真は失ったけど、きちんと記事にしないと！）

真面目に考えていると、彼女は首からかけたタオルで頬の汗をはたきながら、ニヤニヤと人を喰った笑みを浮かべる。そういう表情でも不思議と怒りは湧かず、それどころかおどけた表情がかわいらしく見えてしまう。やはり、美少女は得だ。

「どうだった、エマのパンチラ？」

心臓が喉から飛び出るほどの衝撃を受けた。

こっそりのぞいていたはずなのに、当人から尋ねられるとは思っていなかった。ひとすじ縄ではいかないと予感しながら、必死に動揺を隠そうとする。

「な、なに言ってんだい。お、俺は新聞部として写真を撮ったんだぜ」

「ふうん。センパイ、エマの下着に興味ないいんだ」

「そうは言ってない。ただ、パンチラなんて卑劣な……」

恵麻の属する妹天使は、平均年齢は低めでかわいらしさをアピールしている。今日のライブのようにレア条件がそろわないと、パンチラを拝めることはない。

「見たいっていうなら、考えてもいいよ」

恵麻からなにげなく提案され、もはや動揺を隠しきれない。

「そ、そんなエッチな姿、み、見たいわけないじゃないか」

「センパイが喜んでくれるなら、協力するのになあ」

残念そうな言い方をされ、断ることにうしろ髪を引かれた。

「えっ……いや、でも……まさか……」

（いやっ。違うだろ、俺。そこは速攻で頼めよ！）

頭の中では結論が出ているのに、上級生として体面を取り繕おうとした。

いかんともしがたい二律背反が、判断を鈍らせる。

恵麻は首にかけていたタオルをテーブルに置き、その場で立ちあがった。

衣装は先ほどのステージのままだ。ワンピースの水着に似た黄色いタンクトップに、ふんわり盛りあがったパニエスカートを穿いている。

花の妖精といった装いながら、タンクトップは汗に濡れ、肌に貼りついていた。まんまるに実った乳房を余すことなく浮き彫りにし、ミニスカートは脚線美を見せつける。花の妖精は可憐ながら、大人の色気に溢れていた。

（ステージ衣装もかわいらしいけど、スタイルが素晴らしいんだよ）

恵麻はあどけない相貌とセクシーボディを併せ持ち、コケティッシュな雰囲気を醸す。それがファンを魅了する要素のひとつだ。女の色気が見え隠れすれば、健全な男子は邪《よこしま》な妄想を抱かずにはいられない。

カツン、カツンとヒールの音が迫る。彼女がテーブルをまわってこちらに来た。

どういうわけか気圧《けお》されてしまい、視線を下げてしまう。

花をあしらった黄色いハイヒールが、敦史の視線の先で止まる。

「ほら、センパイ、顔をあげてください」

明るい甘え声はかわいい妹からの頼みごとのようで逆らえず、ゆっくり視線をあげる。黄色のアンクルソックスから白い脚が続いた。

汗に濡れた肌は清々しく煌めき、若さに溢れる。スッとまっすぐに伸びる脛、まるく小さな膝小僧を通りすぎ、やわらかな曲線を描きながらふとももで広がった。細めながらも、筋線維をしっとりとまとい、肉感的魅力と運動性を備える。

(やっぱ素敵な脚だな。まさしく美脚ってヤツだ)

レンズ越しでアップに見る素足もよいが、肉眼はまた格別だった。

視線は止まることなく、あがりつづける。

魅惑のふとももはフリルの波に隠れてしまうが、その波間にピンク色の逆三角形ゾーンがあった。ダイレクトに見えるショーツに目を奪われる。

「ぱ、パンチラ……チラリどころか、モロだからパンモロっ。いやいや、でも、偶然がもたらすチラリズムこそが要諦であって、それはパンチラの美学に反する……」

「せっかくのラッキータイムなのに、なにをブツブツつぶやいてるんですか」

恵麻は唇をとがらせ、不満を漏らした。自らスカートの裾を持ちあげ、長い足と女子の下着を見せつける。花の妖精は、スカートの中まで白い花園だった。その中央部で、ショーツがめしべのように淡く色づく。

「見たくないなら、スカートを下ろしちゃいますよ」

断じてイヤだったので、迷うまでもなく即座に首を横に振り返す。

「あははっ。センパイったら、お馬さんみたいにブルブル首ふってますよ。そんな素直なセンパイに朗報です。マネージャーはあと十分くらい帰ってきません」

考えるよりも先に、ゴクンと喉が鳴っていた。

かわいらしい衣装、口調も舌っ足らずで幼い印象ではあるが、大人顔負けの台詞に胸は高鳴り、理性は翻弄される。

「つまり、あと十分、この部屋にふたりきり……」

「今日は助けてもらったんで、エッチなお礼だって許しちゃいます」

エッチなお礼、そのひとことにいよいよ脳が暴走しだす。

(ひょっとして、あんなことや、こんなことを……)

卑猥な妄想が無尽蔵に広がるが、恵麻の言葉が敦史を現実に呼び戻す。

「それとも、ライブ直後で汗をかいた身体じゃイヤですか。でも、シャワーを浴びるには部室棟に行かないといけないから、時間がなくなっちゃうんです」

敦史はもうひとつ唾を飲み、鼻息を荒らげる。

「いや、その……汗をかいた姿も、色っぽくって、いいよ……」

チキンなりに勇気を振り絞った台詞を、恵麻は口角をあげてニヤニヤ笑う。

「センパイったらヘンタイなんだから……センパイがヘンタイってちょっと韻を踏んでますね。でも、お礼でもあるし、ヘンタイさんにつき合いますよ」

「どうすればいい？」

素直に問いかけたところ、両頬をまるくふくらませる。

「んもう。女子にそんなの聞いたら絶対ダメ。恥ずかしくて、言えるわけないじゃないですか。それとも、センパイの性癖は言葉責めですか」

年齢こそ敦史のほうが上だが、純情そうな見た目と違って、恋愛経験値は恵麻のほうがはるかに高い気がした。

きっと子供のころからモテただろうし、今は芸能界という大人の世界を生きている。

（恵麻ちゃんだって有名俳優とのゴシップがあったし、アイドルは枕営業が必要みたいなことも言われるから……でも、いったいどこまでお願いできるんだろう。恋人ならやっぱりキスにはじまり、身体を触ったりして、それからセックスってステップアップするんだろうけど……そもそもキスが……）

究極の関係に至るファーストステップにハードルの高さを感じていると、恵麻は両腕を胸もとで組み、右足を揺らして不満をあらわにする。

「うだうだ悩んでいると時間がなくなりますよ。好きにしてください。でも、イヤなことを無理やりしてきたら嫌いになるから、注意してくださいね」

矛盾した注文でプレッシャーが高まるが、許された時間が短いのは事実だ。

恵麻がスマホを手近なところに置くのを見て、覚悟を決める。

（こんなチャンス二度とないから、やりたいことやろう！）

彼女の足もとに膝をつき、腰を屈《かが》めた。

恵麻は立ったまま、満足そうな表情で見下ろす。

「センパイったら下から眺めるのが好きですね。それとも足フェチなんですか」

そんなつもりはないが、汗に濡れた素足は、男心をムラムラさせる。

（見た目はチョー清純派なのに、ちょっと強気な態度が小生意気でイイんだよな。やっぱ美人は得だよ。それに、俺よりも彼女のほうが、よっぽど言葉責め好きだよ！）

言い返そうとも思ったが、目の前の脚線美には勝てず、言わずにおいた。

さらに頭を低くして、暖簾《のれん》でもくぐるようにスカートの内側に潜りこむ。

「土下座されてるみたい。うふふ。上からの眺めはイイですね」

もう彼女の表情は見えず、言葉の字面こそ軽蔑を含むが、恥ずかしそうな雰囲気を滲《にじ》ませ、かすかに腰をくねらせた。

（おお……これはすごい……スカートの中は、まるで花畑だ！）

黄色いスカートの内側は、白いフリルに幾重にも飾られ、真っ白なマーガレットが頭上に咲き乱れているかのようだ。芳香に満ち、視界を塞がれていればまさしく花園にいる気分になっただろう。

満開の花びらにも似たスカートの下に、無防備な膝頭が行儀よく並んでいる。

（膝小僧も捨てがたいけど、今じゃない。たとえヘンタイと呼ばれようと！）

ミニライブ中からずっと気がかりで、一生叶わないと思っていた願望が叶うチャンスとあれば、迷うまでもない。

両腕で恵麻の両腿を抱きしめると、彼女の身体がヒクンと弾む。

「ひゃんっ。も、もう……やっぱりセンパイは足が好きなんですね」

ステージの下にいた身としては、常に恵麻のナマ足が視界に入っていた。

彼女を観ていたということは、彼女の両足を鑑賞していたといっても過言ではない。

ライブ中の激しいダンスを支えた功労者だ。

「ああ……極楽だよ……」

気づけば、うっとりと漏らしていた。筋線維をまとう腿肉は反発力に富む。運動後の熱量も十分に残り、人肌の温もりを堪能する。

「センパイ、その……汗くさくない？」

「いや、全然。確かに汗は乾いていないけど、それがまたなんとも……」

顔を左右に振り、ふともも に残った汗を顔面に擦りつけた。

汗を天然ローションがわりに両頬に塗りたくり、滑りをよくする。

それになんといっても、美少女の体液と密着することは、彼女の秘密をひとつ知り、一体感をさらに高めた。

ツルツルと滑る肌の質感を顔面で味わいながら、至福のひとときに浸る。

顔面を押しつけたためか、恵麻はくすぐったそうに腿を揺らす。

「せ、センパイ……足フェチじゃなくて汗フェチですか。そんな人がカレシでも、大丈夫かな……アッ、ちょ、ちょっと……ハア……ハアッ」

恵麻は息を荒らげ、甲高くあえいだ。

言葉ではいやがっているが、むしろ、スカートの裾ごと敦史の頭を押さえつける。

美脚に顔から密着し、今にも天に昇りそうだ。

「うぷっ……ふとももが極上で、息をするのを忘れるほどだよ。俺、ヘンタイだから、もっと恵麻ちゃんの秘密を知りたいんだ！」

顔をほんの少しあげ、背をわずかに伸ばした。

汗に濡れた腿肉の上を滑りながら、頭部でスカートを押しあげると、鼻頭が布地にたどり着く。男子憧れのものに鼻から突入する。

（アイドルのパンティ！）

下着越しとはいえ、顔面で女子の花園に触れた。閉じた腿を顎で押せば、恵麻がわずかに足を広げてくれる。股座の行き止まりに鼻先を押しつけ、深く息を吸う。

（きっと、これが馥郁《ふくいく》たる香りってやつなんだろうな……）

匂い自体は複雑だった。柑橘系の制汗剤、下着やスカートの柔軟剤、さらに下着の内側にかすかにこもった酸味のある尿香、それに肌に残る汗と、その匂い自体を個々に嗅いだなら不快と思うものもあるだろう。

しかし、恵麻から漂ういくつもの匂いが混ざり合うと、不思議なことに、レモネードにも似た甘酸っぱい香りとなって鼻腔を満たす。

爽やかな香気を肺いっぱいに吸いこむと、頭の中は幸福感にうっとりした。

理性を奪われ、半ば本能的に鼻や唇を股座の奥底に当て、細かく左右に振った。

(ああ……これが恵麻ちゃんのアソコの匂いなのか……酔っちゃいそうだ)

鼻先や唇で彼女の花園に肉迫し、秘部を阻むのは薄い布一枚だけだ。

下着越しで秘肉を味わい、匂いを嗅ぐうちに、興奮はかつてないほど高まった。

股間に密着し、みんなのアイドルを独占する。

「アアン……センパイったらやっぱりヘンタイ……スカートの中に頭を突っこんで、犬みたいにクンクンしちゃって……サイテーよ……ハアッ」

ときどき彼女の言葉はつれなくなるものの、されるがままを受け入れてくれる。

モジモジと腰を揺らし、艶っぽい吐息をこぼす。それどころか、傘のように張ったスカートの上から、敦史の後頭部をグッと引きよせる。

(うぷっ……これ、もうクンニだよな)

鼻や唇が恵麻のショーツに塞がれ、一瞬、息苦しくなった。

しかし、猛った欲望が苦しさをまったく感じさせず、卑猥な行為に夢中だ。

今や下着越しで女性器を愛撫し、恵麻も悦んでそれを受け入れている。

「アアン、ちょっと、センパイったら……ンンッ」

鼻にかかった甘え声に男の気が昂り、異常なまでの興奮に息が荒らぐ。

（キスをすっ飛ばして、こんな関係になるなんて！）

昨日、彼女が教室に来たときはどうなるか不安に思ったが、特別な行為が許され、互いに性的興奮に酔っていると、精神的なつながりを感じる。

口唇が密着するショーツの底布は、すでに敦史の唾液で湿っていた。

そして、舌先はかすかな味の変化を捉える。

絞りたての新鮮な果汁にも似たフルーティな蜜液が、ショーツの内側から滲む。

それを味わおうと必死に舌を這わせ、ジュルジュルと啜《すす》ってしまう。

スカートの中には、熱気と下品な音がこもる。

「感じちゃう……アッ、アアア」

ショーツの底部は、ふたりの体液でビショビショに濡れている。

少しとろみのある愛蜜が溢れ、見た目には清純な妹といった雰囲気の恵麻が、明らかに発情していた。

彼女のショーツはレースのような飾りはなく、ごく普通のナイロン製のようだ。

（きっと、見せパンとかじゃなくて本物だ）

密かな疑問の答えを確信し、よりいっそう気は猛った。

唇どころか顔全体をショーツに押し当てて、その感触を堪能する。

この楽園から顔を離すことはとうてい不可能で、血が熱くなるのに身を任せた。しかし、興奮のただ中にあって、胸がチクリと痛む。

(なんだってこんなときに……)

必死で舌を動かし、何度も何度も匂いを嗅いだ。身も心も恵麻に溺れている。にもかかわらず、脳裏では別の女性の顔を思い描いていた。

詩織とは互いに身体をまさぐり、恋人にだけ許される行為を果たした。彼女からは、石鹸に似た品のよい清潔感のある香りがした。

瑞樹は決して恋人ではないが、それを考えたこともある。彼女からは、砂糖を入れたホットミルクのような甘ったるい匂いが漂う。

(どうしたっていうんだ、俺……)

自分の意志とは無関係に、ふたりの顔がチラチラと浮かんでは消える。

突如、股間に電流が走った。甘い痺れが背すじを伝い、身体を弾ませてしまう。

快美なあまり、呼吸すら忘れた。

「エマとエッチなことしてるのに、まさかよけいなこと考えてないですよね」

かわいらしい女子から尋問され、想像は断ちきられる。

「ま、まひゃか。ひょんなことはにゃひひょ」

焦ったせいか、口唇を下着に密着させたまま答えていた。

恵麻は腰をブルルッと細かに震わせたのち、さらに敦史の頭を引きよせる。

「アアン。声が下着を伝わってくすぐったい。ワザとやってるでしょ。センパイったら、ホント、ヘンタイなんだから！」

罵倒《ばとう》ぎみに告げたあと、ふたたび敦史の股間にむず痒い痺れが走る。

「うっ……ううっ……これ……」

見えないものの、今度はハッキリ認識できた。

(恵麻ちゃんの足が俺の股間を……)

敦史はスカートの中に潜りこみ、彼女の足もとに膝をついていた。そして、恵麻は敦史の股下に足を入れ、足の甲で股間に触れてきた。スラックスの外側からグリグリと押し、その感触を確かめる。

「ボッキしてるじゃない。センパイったら、どうしようもないヘンタイさんですね」

「ひゃわいいこうひゃいのぱんつなら、にほいひゃぎたいひゃん」

「ヒャン。ちょっと、エマのパンツに口をつけて話さないでください！」

そう言ったものの、むしろ、モジモジと小さく腰をくねらせ、下腹部を擦りつける。

「センパイにとって、エマはただのかわいい後輩なんですか。センパイとならもっと深い関係になってもイイんだけどな」

甘え声で媚《こ》びられれば、残念ながら抵抗のすべはなかった。

校内男子の誰もが知る美少女から誘われ、すっかりその気にさせられる。

それに加え、恵麻は足をゆっくり動かして、足の甲で肉棒をさする。

(いや……これもう……ヤバいだろ……)

女子の花園に酔い、蠱惑的な言葉を聞かされ、そのうえ性器まで刺激を受けた。

この世の天国に導かれ、気持ちはもはや陥落寸前で、身を委ねる以外の選択肢は思い浮かばない。

しかし、敦史の昂りにブレーキをかけたのは恵麻だった。

彼女はこれまで押しつけていた足の力を抜き、一歩離れる。

当然、スカートの中にいた敦史は、花園から追放され、しばし呆然としてしまう。

そして、敦史の昂りのアクセルを踏むのもまた恵麻だった。

「もうガマンできないんでしょ。なら、出しちゃおうよ」

3

(うふふ。センパイ、絶対に迷ってる)

性的な提案は明らかに敦史の欲望をくすぐり、迷わせることだろう。

表現自体が曖昧なだけにさまざまな解釈の余地が残り、迷いも大きいはずだ。

そして、彼が恵麻のために困惑するのを見て、自身は満足する。

(こういう性格はダメだってママによく怒られるけど……やめられないのよね！)

昔から、老若男女問わずかわいいと言われつづけた。しかも、それだけではない。

アイドルを夢見てレッスンを続け、勉学でも常に上位をキープしてきた。

ただ、母親にも指摘されるわがままな性格は、変えられなかった。いや、変えなかった。これこそが恵麻にとっての数少ないストレス解消法だったからだ。

(そうはいっても、やりすぎは禁物ね。時間も限られているし……)

マネージャーは学校関係者への挨拶の最中で、もうすぐ戻ってくる。メールするよう伝えてはいるが、早ければあと五分ほどだろう。

いつまでも敦史を楽屋に入れておくわけにはいかない。

「ボッキしてるの、ツラいよね。エマの身体を見ながらシゴいたら？」

「えっ……いや、さすがにそれは……」

「恥ずかしいのね。でも、センパイのオチ×チン、見たいなあ」

人さし指を唇に当て、寂しそうな表情を作った。

すると、敦史はすべての迷いから断ちきられたかのように、威勢よく立ちあがる。

「実は限界だったんだ。遠慮なくシコらせてもらうよ！」

ベルトを緩め、両足を片方ずつ蹴るようにあげてスラックスを脱ぎ捨て、そのまま下着も一気に下ろした。慌てた感じが自らの言葉を証明しているかのようだ。

「ちょ、ちょっと……センパイったら……」

自分で提案しながらも、いきなり見せつけられたのは予想外だ。

見ているこちらが少々驚き、自らの鼻と口を手で覆っていた。

男性器は我慢の証《あかし》をダラダラと滴らせ、興奮のただ中にあることを示す。

「ねえ、もう一回……もう一回パンツを見せてくれないか」

敦史は恥も外聞もなく勃起を前後に擦り出したものの、顔は真っ赤だった。

「さすがのセンパイも、ボッキチ×コさらすのが恥ずかしいんですね。でも、やっぱりヘンタイ。エマに見られているのに、先っぽからイヤらしい粘液がトロトロ漏れてるじゃないですか。エッチすぎなんだから……」

悔しそうにウウと呻くものの、彼の右手は止まらない。前後にスライドして自ら快楽を注いでいる。

「しかも、ホーケーなんですね。センパイ、押しが強そうなのに、カノジョいないいって聞いていたからなんでだろうって思ったんだけど、コレのせいなんですね」

「違うよ。だって、日本人の六割が俺の仲間なんだぜ。もしこれが原因なら既婚率はもっと低いはずだ。それに、こんなの恥ずかしいうちに入んないよ。そもそも、恵麻ちゃんにチ×コ見せること自体が恥ずかしいんだ」

「センパイっぽい屁理屈でイイと思います。でも、時間がないから急いでください」

「……わかった。マッハで済ます……うう……」

敦史は右手の速度をあげ、性感を高めた。

恵麻を見て興奮していることには満足するが、こちらもただ眺めるだけでは味気ない。感動をより高めるのが、エンターテイナーというものだ。

(それに、ライバルたちがちょっと手強そうなのよね)

男子からの告白に関しては百戦錬磨のつもりで、負ける気は微塵《みじん》もない。

しかし、厄介な相手には違いなく、勝利を確実にするには差をつけておくべきだ。

「センパイ、エマも手伝おうか」

「手伝う……でも、どうやって？」

「そんなことまで女子に考えさせるんですか。自分で決めてください」

「えっ……そうか、恥ずかしいもんね……じゃ、じゃあ、き、キスとか……」

自らペニスをしごき、恥ずかしそうな顔をさらに赤くした。

女性慣れしていないのは好ましいし、望みは叶えたいが、答えは決まっている。

「それはムリ。ゼッタイにムリ」

断言するなり、敦史はあからさまに残念そうな顔をした。

無下に断っているつもりはなく、十分な理由がある。

「もちろん、センパイとキスしたくないわけじゃなくって、リップが不自然に汚れるとマネージャーに疑われちゃいます」

「確かに……ってことはフェラもアウトか。すると、手コキか……いや、でもそれはこの前……いやいや、せっかくだから、パイズリとかどうかな！」

ブツブツと漏らした独り言の中に気がかりな単語も混ざっていたが、今は時間がない。それに、下手に揉めれば、レースから脱落してしまう。

あまり深く追求しないのも、デキたカノジョというものだ。

「イイですよ。センパイがそれで気持ちよくなってくれるなら」

さすがに経験はないが、どうやるかはいちおう知っている。

まずはホックをはずし、スカートを脱いだ。

「おっ。おお……恵麻ちゃんのナマ足……パンツはやっぱりピンクなんだ。それに、腰骨が出ているのがセクシーだなあ……ううっ」

股間のものをビクンと弾ませ、目を見開いた。そして、猛然としごき出す。

「ちょ……ちょっとセンパイ……」

陽根は先ほどよりも傾斜をあげ、敦史がひとりで盛りあがるのを見ると、見られているこちらも奇妙な高揚が伝播《でんぱ》してきた。仕事がら他人に見られるのは慣れているが、ライブでオナニーの対象とされるのはさすがにはじめてだ。

むず痒い感覚が腹の奥底に募り、腰をモジモジ揺らしてしまう。

「エマまでヘンな気分になっちゃいそうです。それより、センパイが満足するならこのまま立ってますけど、パイズリはイイんですか」

「そこはぜひともパイズリで！」

今にも土下座しそうな勢いで言われ、笑いを堪えながら、タンクトップを脱いだ。

さすがにノーブラの乳房をさらすのは恥ずかしく、片腕で覆う。

「おお……やっぱデケえ……まるまるして、見るからにエロい」

敦史は目を見開きっぱなしで感嘆した。

注目されることは嫌いではないし、ましてや好意を持つ相手なら誇らしくもあるが、身体の一部ばかりに目がいくのは少し癪《しゃく》だ。

「感想がダダ漏れですし、全然褒め言葉じゃありません」

「いや、でもさ、実際大きいし、形がいいと思う。オレンジが健やかに実ったみたいで、手を伸ばしたくなるほどきれいだ。それに、真正面の乳首が視線を誘うんだ」

「センパイってホント、エッチですね！」

憤慨してみせたあと、手近な椅子を引きよせる。

敦史を座らせたが、彼は自らの股間を両手でしっかり覆い隠していた。

「こんなときに恥ずかしがらないでください。パイズリされたいんでしょ」

一枚また一枚と手を剝ぐと、おもむろに肉槍を突きつけられた。

知ってはいたものの、ひとめ見た瞬間、目を奪われてしまう。

（スゴい……これがオトコのヒトの……）

大人サイズの男性器は、両足の狭間から竹刀でも向けるかのようにまっすぐにそそり立っていた。ときどきビクンと脈打って威嚇《いかく》する感じは、どこか禍々《まがまが》しい。

「恵麻ちゃん……あの、いいかな……もう我慢できなくて……」

恥ずかしそうな低い声を聞き、自分が見蕩れていたことに気づいた。

敦史の両足を広げてスペースを作り、恵麻が膝立ちで入る。

「もちろん、ガマンなんてしなくてイイですからね。むしろ、急がないと」

敦史の熱い視線を感じながら、両手で乳房を支えてにじりよった。

熱いのは視線だけではない。陽根から熱気が漂い、乳肌の表面をくすぐる。

「ああ……恵麻ちゃんのおっぱいが俺のチ×ポを……うっ」

「こんな感じかな……んっ」

身体をより近づけて、乳房を外側からギュッと押した。

乳谷で男根を捉え、両手で乳房を寄せながら上下に揺らす。

「う、うん……とても気持ちいい……ううっ。それに、チ×ポがおっぱいに食べられているみたいで、上から眺めるのも超エロい……」

蕩けてしまいそうなうっとりした表情で、恵麻の奉仕を受けていた。

敦史の分身の反応は正反対だった。ガチガチに硬化し、天を見あげる。

先ほどよりも鋭角に屹立し、太さも増していた。

「すごく興奮してるね……さっきよりビンビン……」

乳房で肉棒を挟み、ゆっくり上下に捏ねた。

スライドに合わせて、硬い勃起に乳肉を押し広げられ、乳谷を裂かれる。跳ねあがろうともがく男根をしっかり押さえると、互いの肌はより密に触れ、形状がはっきりわかるほどだ。汗のせいか、谷間でツルツルと滑る。

亀頭は憤然と鰓《えら》を張り、肉竿は堂々とした態度でのけぞる。

「んんっ……オチ×チン、アツアツじゃないですか……」

乳肌はライブの汗が乾いて冷めようとしているのに、その内側からは敦史の興奮が伝わった。もちろん、摩擦しているせいもあるが、女の象徴ともいえる部位が男の生殖器を包むと、そこから新たに卑猥な熱が生まれる。

（センパイのせいで、エマまでエッチな気分になっちゃいそう）

乳房を上下に揺らしながら、人さし指を曲げていた。乳肉に埋もれ、わずかな弾力を感じる。乳首に触ると、ふだん以上に強い刺激が迸《ほとばし》り、先っぽが痺れた。

敦史は眉間に皺を寄せている。苦しそうな表情なので痛いのかと心配したが、そうではないらしい。目を細めて見下ろす。

「くうっ。恵麻ちゃんのおっぱい、チ×ポでもわかるくらいに温かくてプリプリしてる。水風船に挟まれている気分だ。こんなに気持ちいいのは、はじめてだよ」

女の汗と男の我慢汁が混ざり、クチュ、クチュと、くぐもった濡音が漏れた。

恵麻も淫気に浸りながら、指をおそるおそる伸ばして目的地を探る。

指先は乳肌とは異なる質感へと至ると同時に、背中を弾ませてしまう。

(ヒャン。やっぱり……チクビが立っちゃってる)

恵麻が敦史の興奮を鎮めようとしていたのに、自身も興奮を隠せずにいた。

女体はパイズリ奉仕をふるまううちに熱くなり、気持ちも淫らになる。

己の意志とは無関係に指先を曲げ、自らのウイークポイントをイジメた。

(アア……これ、感じちゃう……)

淡いピンク色の乳首は控えめなサイズながらいじらしくとがり、発情をあらわにした。指先で軽く撫でると、むず痒いものが乳頭を走る。ゾクゾクとした刺激に背すじがむず痒くなり、総毛立つ。乳房を上下に揺らしながら、硬くしこった乳頭を押さずにはいられない。

(センパイを夢中にさせるはずだったのに……アッ……アアッ……)

自ら乳首を愛でながら、肉房を揺らした。

眼下では乳房がプルンプルンと揺れ、見るからに卑猥に弾む。

ペニスを挟んで快楽を与えると同時に、自らもまたふしだらな快楽にのめりこんでいた。小さな乳頭は肉悦へのスイッチボタンだったのか、いまや乳房だけではなく、下腹の奥までジリジリと熱くなる。

「アア……き、気持ちイイ……」

不覚にも漏らしてしまうと、敦史が目を見開く。

「……ひょっとして、感じてるの？」

「そんなわけないでしょ！」

半ば反射的に否定した。恥ずかしさのあまりに、一瞬手を止めようとする。

しかし、己の粗忽《そこつ》さを反省しつつ、当初の目的に従うのが最上と判断する。

「気持ちイイんでしょ、と聞こうとしただけです。ほら、エマのことは気にしないで、センパイが気持ちよくなることを考えてください。ペースをあげますよ」

かなりコツをつかんできた。顎を引き、口内の唾液を集める。

唇の狭間から押し出すと、白く泡だった唾が糸を引いて谷間に消えた。

狙いを定めて再度唾液を滴らし、潤滑油を補充する。

「ううっ……恵麻ちゃんの唾が、チ×ポにからみついて……温かい……」

すばやく乳房を上下に揺らすと、グジュグジュと猥雑な濡音が響いた。

暴れる肉棒を肉房の内側に押しこみ、上下に揺らして刺激する。

互いの肌は軽快にすべり、そのぶん彼に伝わる快感も大きくなったようだ。

椅子に座ったまま、足を爪先までピンと伸ばし、小刻みに震わせた。

「ああ……本当にダメになりそうだ……うう」

「ほら、早く。もうガマンできないんでしょ！」

(ダメ……エマもガマンできない……チクビだけでイッちゃう姿をセンパイに見せられない……お願い、早くイッて！)

今、この瞬間でしか味わえない卑猥な感情に酔う。

もはやなりふりは構っていられず、乳首のとがりを爪の先でかいた。

そのたびに甘い刺激が身体の内側に募り、爆発の瞬間を今か今かと待ち焦がれる。

ただ名目上、敦史より先に果てるわけにもいかず、必死で肉棒をしごく。

ふたつの肉房が密着して作られた暗い狭間からは、汗や唾液のやや酸っぱい匂いに加えて、それを上書きするほどの強烈な匂いが立ちのぼる。生ぐさくとも甘酸っぱい香りの正体は、オスの性臭だ。

「ああぁ、もう限界だ。このまま出すよ」

「いいよ、いっぱい出して！」

高速パイズリで男根をしごきたてると、敦史はウッと息を切らした。

足をピンと伸ばして力ませると同時に、乳谷の中で肉棒が跳ねて力強く脈打つ。

思わず胸をギュッと押さえこみ、暴れん坊を逃すまいとする。

「イッてる……パイズリでイッてるよ……ウウッ」

男根が逞しくわななくたびに、乳谷の狭間から間欠泉のように体液を噴きあげた。

そのまま乳房の狭間に残留し、液だまりを作る。

白い沼地はドロドロと蠢き、そこから強烈な匂いが漂う。

淫らな香りに誘われて、気づけば親指と人さし指でギューッと乳首を摘まんでいた。

（も、もうダメ……い、イク！）

精液の濃い性臭に酔いながら、恵麻も最高潮を迎えた。

視界はスポットライトを浴びたかのようにまばゆい白一色に染まり、落雷のごとき強い痺れが身体を貫く。恍惚《こうこつ》の極みに、瞬間的に意識を奪われる。

（おっぱいだけでイッちゃうなんて……センパイのせいよ！）

怒りにも似た衝動で左右から乳房を押し、内側のペニスを圧迫すると、ひときわ高く吐精をして、胸もとの白い液だまりから溢れてしまう。

（アア……飛んでいるみたい……）

敦史は椅子に座ったまま何度か腰を弾ませたが、それが落ちつくようになると、四肢の力が抜け、ぐったりと椅子にもたれた。それに合わせて、乳房の肉棒の脈動が弱まる。絶頂が下降線をたどるのにつれ、冷静さを取り戻す。

「ありがとう……最高に気持ちよかったよ……うっ」

敦史の言葉を聞いて手の力を抜くと、男根はナマコのようにズルリと乳谷を滑った。太さこそ先ほどと遜色なかったが、明らかに硬度を失っている。下向きにお辞儀しながら、先端から残滓《ざんし》が糸を引く。乳房にたまっていた精液は熱量を残したまま、乳谷や腹部をスライムのようにネットリと流れ落ち、床を汚した。

「センパイがエマを選んでくれたら、もっとエッチなことができるんだけどな」

「もっとエッチなこと……ゴクッ……」

敦史は唾を飲み、鼻の穴を少し広げた。

その反応に恵麻は気分をよくしたが、今ではない。

「急いで出てください。片づけはやっておきますから」

敦史を楽屋から追い出し、情事の痕跡を急いで隠す。

精液の残り香を嗅ぐたびに、身体の奥のほうが鈍く疼いた。

第三章　幼馴染みの口唇奉仕

1

（あれは夢じゃないよな）

文化祭のオープニングイベントの一環で、江口恵麻のミニライブが行われた。

在校生アイドルのライブは大盛況で閉幕し、キックオフとしての役割を果たした。

生徒たちが活気づいているのが、廊下を歩くだけで伝わる。

（まさか、あんなことがあるなんて……）

誰よりも近い場所でライブを見たにもかかわらず、敦史はライブの熱には冒されなかった。なぜなら、ライブ直後、ふたりきりの控室で、普通は恋人だけに許されることを行ったため、文化祭よりも恵麻本人に熱をあげていた。

(やっぱりダントツでキュートだよな)

クリクリとした大きな瞳が印象的で、あどけなくもかわいらしい相貌をしている。

さらには、スマートな長い足、大人の女性を思わせる豊かな乳房と、極上ボディの持ち主でもある。それがまた、彼女のコケティッシュな魅力を高めていた。

(水着写真さえ出まわらない恵麻ちゃんのおっぱい、いい形だったな。しかも、あの美乳のパイズリ、温かい水風船みたいで最高だった!)

たっぷり日差しを浴びてみずみずしく実った柑橘類を思わせる乳房は、大きさもさることながら、完璧な球形で美しさに溢れていた。

そのうえ、男を包むやわらかさがあり、歪な男性器にジャストフィットし、身もだえるほどの反発力を与えてくれた。

思い出すだけで、ペニスがそのときの熱を取り戻すかのようにムズムズする。

(早く夜にならないかな。そうすればいくらでもオナニーできるのに!)

短絡的だとわかっているが、それだけ貴重な体験だったのだから仕方ない。

ただ、悩みがないかといえば、そうではない。

(それにしても、昨日の詩織先輩の件といい、これはモテ期ってヤツか。ふたり同時じゃなくてもいいのに……）

昨日は詩織が手で触れ、射精まで導いてくれた。ほかに生徒がいる状態だったので、スリルがあったものの、最高の体験だった。そして、つい先ほどの恵麻のパイズリと続き、これ以上ないほどの幸運に恵まれている。

足は地に着かず、雲の上を歩く気分だというのに、ふたりを思い出すと、胸を針で刺されたかのようにチクリと痛む。

（これは浮気……じゃないよな……）

二大美少女相手にエッチなことをしてしまったのだ。

しかも、つき合っているわけではない。

さらに言うなら、ふたりをよく知っているわけでもない。

（やっぱりスクープ狙いどころじゃないな。きちんと考えないと！）

後夜祭のフォークダンスまでに、相手を選ぶ必要がある。

大人の気品のある新城詩織か、妹みたいでキュートな江口恵麻か、究極の二択だ。

ただ、ふたりのことで悩んでいると、なにかノイズのようなもので乱される。

脳裏には、敦史のよく知る女子の顔が浮かんだ。

黒髪を三つ編みに結い、丸い眼鏡をかけた幼馴染みが、悲しげな表情をしている。

見ているこちらが心苦しくなる。

(なんだって、こんなときに!)

その瞬間、ポケットが小刻みに振動した。

スマホを取り出すと、その当人からの呼び出しだった。いやな予感しかしない。

「アッくん、どうしよう。このままだと絶対にヤバいよ!」

瑞樹は眉をひそめ、あからさまにパニックになっていた。

悲しむ顔の次に見たくない表情だ。

「ちょっと落ち着けって。ほら、そこに座って」

家庭科室から連絡してきたので、そこで合流した。

教室の外は看板やかわいいリボンで飾りつけされ、家庭科部の模擬店キッチン・マムは準備万端の雰囲気だ。

事前取材では、ローストビーフとビーフシチューをプッシュした。

ただ、ここには瑞樹と後輩ひとりしかいない。部員はもう少しいたはずだ。

「いったい、どうしたんだ。ゆっくり話してみろよ」

「う、うん。部員はあと三人来るんだけど、みんな電車の遅れに巻きこまれて、いつ着くかわからないの。ライブ中に連絡が来てたんだけど、スマホの電源を切っていたから……食材を自宅で仕込んだ子もいて、どうしていいのか……」

「素直に待つのが無難じゃないのか」

「でも、すぐに合流できるようにしたいの。だって、みんな一生懸命今日のために準備してきたんだもの」

「つまり、人員も材料もいつ来るかわからないのに、店を開きたいってことか」

「あっ……そ、そういうことになるのかな」

瑞樹が小首をかしげるのを見て、敦史は彼女の困惑ぶりを察する。

(コイツ、頭がまわってないぞ。そうとうパニクってんな)

長いつき合いだけに、彼女の性格はわかっている。

宿題は忘れないし、読書感想文は得意な一方、突発的なトラブルには滅法弱い。

とはいえ、ふだん迷惑をかけているのは敦史だ。見捨てるという選択肢はない。

「今から一時間後が十一時半、お昼の開店時間としては悪くない。まずはメニューを速攻で決めよう。なるべく時短で、特殊な材料もなく、失敗なくできる料理ってなんだ」

「こだわらなければ、肉じゃがかな。作り慣れているから」

「肉じゃがか……ちょっと家庭的すぎないか」

「そうだ。肉じゃがなら、似た材料でカレーとかシチューもできるよ」

「ますます文化祭向きじゃないよ……待てよ。逆に家庭的なのをウリにして、その三つにしよう。俺が買い物に行く。あとで電話するから、買うものを決めておいて」

「わかった。でも、私たちが料理してたら、フロアとか会計ができないよ」

「ヘルプを頼むつもりだ。新聞部の顔の広さは伊達じゃないんだぜ」

そう言ったものの、生徒のほぼ全員がクラスや部活動として参加している以上、手伝ってくれる人がいるかはわからず、勝算はなかった。それでも、それぐらいの役割は果たさなくてはならない。頼りになる順に、手当たり次第電話するつもりだ。


「アッくん、どうしよう。このままだと絶対にヤバいよ！」

三つ編みの幼馴染みは目を見開いて、またもやパニックになっていた。

「ちょっと落ち着けって。包丁を振りまわすのは勘弁な。後輩も困ってるぞ」

「だって、だって、あんなに並んでるんだよ。すごくうれしい！」

「わかった。わかったから、野菜を切ることに集中しよう。な？」

（一時はどうなるかと思ったけど、今のところ盛況だな）

敦史が追加で買った食材を渡すと、家庭科部のふたりが下処理に取りかかった。

十一時半の開店直後こそ客足は鈍かったが、十三時の今は行列ができている。

（ひょっとしたら、校内でも上位の集客かもしれないな）

カレーライスにはチーズをトッピングし、シチューにはバゲットを添え、肉じゃがは味噌汁と漬物をセットにすることで差異を出した。もちろん、ご飯は大盛りだ。

カレーから漂うスパイシーな香りが空腹を刺激し、客よせになったようだ。

材料も人員も時間もないなか、家庭科部のふたりは最大限にがんばってくれた。

（それだけじゃない。運がよかった……いや、ちょっと卑怯だったかもな）

後まわしにされていたゴミを片づけながら、敦史はフロアを眺めた。

家庭科室はガスコンロのあるテーブルが六つある教室で、そのうち二つを家庭科部が使用している。料理を作る瑞樹たちとは、壁で仕切られているわけではない。

出口には机を置き、即席のレジにした。そこには、詩織が背すじをまっすぐに伸ばして立っている。食事を終えた生徒から伝票を預かると、静かに伝票を読みあげる。

「カレーが三、シチューが二、肉じゃがが一。合わせて千七百三十円よ」

即座にノートパソコンのキーをたたき、合計金額を導いた。

もともと電卓で会計をしようとしていたが、彼女がパソコンを持ちこんだ。

表計算ソフトで会計時間を短縮するとともに、売上の記録を容易にする。

(生徒会ともなると、いろいろ知ってんな)

詩織は生徒会副会長という役職にあり、加えて、クラス企画で総監督なのもわかっていた。ただ敦史の中では、断トツで頼りになる先輩だ。

思いきって相談したところ、時間限定で手薄な会計作業を手伝ってくれた。

「はい、カレーライスとコーヒー、お待ちどおさま！」

フロアでは、小柄な女子が軽やかにターンしてから、トレーを机に置いた。

エプロンとスカートがふわりと舞い、かわいらしい膝小僧が姿をのぞかす。

それだけで周囲の男子からはざわめきが起こる。

三角頭巾にマスクにエプロン、ピンク色の太いフレームの眼鏡と遠目にはわかりにくいが、恵麻がポニーテールをせわしなく揺らしながら、配膳係を務めた。

(午前中に大仕事を果たしてくれたのに、悪いな)

彼女はオープニングのライブを終え、仕事で移動する予定だった。

そのため、クラスの企画にも参加していない。たまたま恵麻からメッセージがあって状況を返信したところ、これまた時間限定で手伝いを引き受けてくれた。

(……いや、俺が卑怯な言い方をしたせいかも)

詩織が手伝ってくれるのを、伝えてしまったのだ。状況を告げるという意味では間違っていないが、ふたりが自分に好意を抱いていると知りながら、その感情を利用したのは少々後味が悪い。しかも、ふたりとも、自分の予定を変えてくれたようだ。

昼食時に二大美少女がそろった家庭科部に、客が集まるのは当然だ。どのクラスにも、どの部活にもできないことをやってしまった。

(瑞樹たちは、これでよかったのかな……)

家庭科部のふたりの反応も気になった。自分たちの料理を食べてもらうという点では不満はないだろうが、この盛況ぶりは純粋な評価ではない。万年Bクラスのプロ野球チームが強力な助っ人外国人選手の力で、突如リーグ優勝してしまったようなものだ。手放しで喜べる状況というわけではないだろう。

そんなことをモヤモヤ思っているときだった。

「しょせん、カレーはカレーだよな」

出口のあたりから大声が響いた。

男子三人組が会計を終え、話をしている。態度と身体の大きさから三年生らしい。

「カレーなんて冷蔵庫の残りで作るメシだよ。金払うようなもんじゃないぜ」

「それにルーも市販品だぜ。だって、ウチと味が似てるし」

あまりに大きな声だったので、敦史は片づけの手を止めて、瑞樹のほうを見た。

彼の大声が届いたのだろう。野菜の皮を剝く手を止め、不安げな表情をしている。

「いい加減になさい。つまらないこと言うなら、先生を呼ぶわよ」

レジ係の詩織が男子たちに反撃しようとした。しごくまっとうな意見だ。

しかし、結果は火に油を注ぐだけだった。

「おまえらが一番ムカつくんだよ。ちょっと人気があるからって、有名人が気取りやがって。テメエも江口もこの部活に関係ないだろ。おまえら客よせパンダがここを手伝うことは、ルール違反だ。自分のクラスに引っこめ！」

「カレーなんか誰だって作れるじゃん。鉄板焼きとかのほうが文化祭ぽいよ」

「そう。家で食えるものを売るのもダメだろ。ふだん食えないもののほうがマシだ」

口々に不満を大声で告げた。悪意に満ちた声はさしもの詩織を怯《ひる》ませたようで、眉間に皺を寄せて怒りを滲ませ、口をつぐむ。だが、横から小さな女子が割りこむ。

「今のは聞き捨てならないわね。客よせパンダってどういう意味よ！」

孤立していた詩織に、恵麻が助太刀に入った。ただ、素直には賛同できない。

（マズいな。おおごとになりそうな雰囲気だ）

生徒同士のトラブルは御法度《ごはっと》だ。外の行列も、ざわつきはじめた。

言い争いがエスカレートすれば、並んでいる生徒たちから噂が広まり、家庭科部の評判に傷がつく。歪んだ情報が教師の耳に入れば、家庭科部は強制的に店じまいだ。

敦史も足を踏み出した。体格のよい男子三人に女子ふたりという見た目だけで、もう負けてしまいそうだ。せめて頭数はそろえたい。

(クレーマーって面倒くさいな!)

あまり目立たない家庭科部が、突如脚光を浴びたことに対するいやがらせだろう。無為でなにも生み出さないが、がんばっている当人には大きなマイナスを与える。

(とりあえず土下座で許してくれるかな……癪に障るけど)

争いを避けるために、自ら白旗をあげるのも悪くはない。

ただ、その場合、敦史が精神的苦痛を味わったうえに、評判は地に落ちる。

よりによって、三人の目の前でだ。しかし、それなら被害は最小限で済む。

「みなさん、大声でどうしました?」

つとめて明るい声で言い争いに割って入り、改めてクレーマー三人組の顔を見た。

2

「営業妨害なのはわかっている。さっさと帰れ！」

瑞樹が敦史に向かって指を突き出した。しかも、顔は少しにやけている。

それを見ると、敦史の顔が熱くなる。

「俺のマネすんなよ。小っ恥ずかしい」

「そんなことないよ。チョー格好よかった。たぶん、今まで一番だよ」

揶揄《やゆ》されるのも恥ずかしいが、面と向かって褒められるのも気恥ずかしい。

昼間の家庭科部の催事で、客である生徒が大声で家庭科部を非難した。

敦史はダメージを最小限にするため、ひとまず対立を避け、謝るつもりだった。

だが、彼らの顔を見たときに、いやがらせではなく、営業妨害の可能性に気づいた。

なぜなら昨日、彼らを取材し、鉄板焼きをやっていることを知っていたからだ。

いわば同業者であり、ライバル店と呼べるだろう。

非難の程度はともかく、客を自分たちのクラスに誘導する思惑があったとすると、彼らの非難は客観的に極めて悪質と考えられた。

さきほど瑞樹の台詞は、そのとき敦史が彼らに放った台詞のモノマネだ。

彼らも敦史を覚えていたようで、顔を見るなり、そそくさと撤退した。

まさか、新聞部の部員が家庭科部を手伝っているとは思いもしなかったろう。

「もし明日報復にでも来たら、すぐに電話しろよ」

「心配しすぎよ。冷めないうちに召しあがれ」

「おまえ、意外と楽天家だよな。じゃ、遠慮なく」

騒動の直後に遅れていた家庭科部の部員が到着し、ヘルプの面々と入れかわった。

そして夕方になり、瑞樹から昼間のお礼をしたいと家庭科室に呼び出された。

目の前には、明日のメニューであるローストビーフ丼にビーフシチュー、それにシーザーサラダが並べられた。本来、家庭科部で予定していたメニューだ。肉好き男子の胃袋を刺激し、しっかりと野菜もあって女子ウケしそうな組み合わせだ。

贅沢にローストビーフで白米を包んで、口に放りこむ。

「さすがにうまいな。カーチャンが作るメシより全然うまい！」

白米の熱によって牛脂が蕩け、口に入れたものを噛むうちに白米の甘みが続く。

肉と白米の旨《うま》みが口いっぱいに広がるなか、タレのわさび醬油がアクセントとなる。

食材のそれぞれが個性を発揮しながら、舌の上で踊った。

「そんなの言いすぎよ。これは部員みんなで用意したんだから、味わって食べてね」

瑞樹はうれしそうに言いつつ、ガス台で作業をしている。

「でも、一食分にしては少なくないか」

「量については部員とも話したんだけど、文化祭っていっぱいお店があるじゃない。どうせなら、ほかのお店にも行ってほしいから少なめにしたの」

それを聞いて敦史は驚き、そして反省する。

(家庭科部は、周囲との共存を重視していたんだ。今日は俺が山盛りを指示したし、スーパーな助っ人を頼んだから、よけいに反感を買ったのかもな)

軋轢《あつれき》を高めることに加担したかもしれないと思うと、さすがに食欲も失せる。

「ダメよ、サラダを残したら。食物繊維だよ」

ガス台でフライ返しを使いながら、幼馴染みは指摘した。

(残したんじゃなくって、食いたくなくなったんだよ。わかってねえな！)

言い返したいとこだったが、皿を口に当てて流しこむ。

「ちゃんとよく噛んで味わって。野菜だっておいしいんだから」

母親と同じ文句を言いながらも、瑞樹は意外と機嫌がよく、鼻歌まじりでフライパンのものを皿に移した。バターの焦げた香りが漂い、失せた食欲が早速戻ってくる。

「感心、感心。サラダも残さずに食べたんだね。はい、食後のスイーツ」

敦史の横に立ち、新たな紙皿を置いた。大判焼きサイズの厚いパンケーキの上に、溶けかけのバターがひとかけらとシロップがたっぷりかけられていた。

「こいつはうまそうだ」

プラスチック製のフォークでパンケーキを刺し、紙皿ごと口に運んだ。糖分たっぷりの芳香に誘われ、そのままひと口かじる。

「はむ……うん。ふんわり、しっとりだ」

「デザート皿は普通持ちあげないのよ。マナーが悪いわ」

「なんだよ、人がせっかく褒めたっていうのに」

「でも、そんな格好、詩織先輩や恵麻ちゃんに見られたらどう思うかな」

確かに、デザート皿を持ちあげて、ガツガツ食べる姿は格好悪い。

皿をテーブルに戻し、フォークでひと口分に切り分けて食べる。

同時に、なんとも形容しがたい空気になった。とても気まずい。

瑞樹はピンクのエプロンと三角頭巾をはずし、両手でスカートのお尻を伸ばしながら、黙って隣に腰を下ろす。

顔はこちらを向いていたが、視線はうつむきぎみにつぶやく。

「私の前では格好なんて気にしないのに、先輩たちには気にするんだ……」

「そんなの関係ないだろ。それに、ふたりの名前を出したのはおまえだぞ」

敦史自身にも答えにくい話題を振られ、返す言葉もわからなかった。残りを口に放りこんだが、丸めたちり紙を食べているのではないかと思うほど、味が失せていた。

「それより、ふたりにもお礼を言っとけよ。俺より助けになったんだから」

「わかってるって。明日、きちんとお礼を言うわ」

「ずいぶん暢気《のんき》だな。アドレスを教えようか」

「大丈夫。だって、明日は絶対に学校に来るもの」

あまり強い言葉を使わない瑞樹にしては、珍しく断言した。

うつむいた顔をあげ、まっすぐに敦史を見つめる。

いつもの三つ編みに、丸眼鏡をかけていた。高校生にしては幼くて地味ながら、クセのない整った顔だちで、温和な性格によく合っている。

(昔から、クラスの男子にコイツの隠れファンがいた気がする。料理もバッチリで女子力は高いし、性格もやさしいし……)

見た目には華々しいタイプではないので、第一印象で男子の目を惹かない。

ただ人を包む柔和なオーラに溢れ、長く接するうちに彼女の魅力に徐々に気づく。

特に文化部系の男子に人気があったが、えてして彼らは自ら告白することはなく、そのためか瑞樹に浮ついた話はなかった。

(そういえば、俺もモロに文化部系なんだよな……)

彼女を見つめ返すと、顔こそ見慣れているが、見慣れぬ表情を浮かべていた。眉間にやや皺を寄せて不安そうながら、眼鏡の向こうの瞳は視線を逸らさずにまっすぐに向いている。決断を迷っている、そんな雰囲気だ。

不安を煽《あお》られている気がして、場の空気を変えたくなる。

「おまえはふたりのマネージャーか。なんで断言できるんだよ」

軽く茶化したもののまったく笑いにはならず、彼女は真面目に答える。

「だって、明日は後夜祭があるもの」

もちろん、忘れてはいない。瑞樹にそれを言われると、胸が痛み、言葉を失う。

「どっちと踊るつもりなの?」

「……決まってねえ」

後夜祭でダンスに誘うように告げられた。それも、校内二大美少女と称されるほどのふたりからだ。かつて考えたことのない究極の選択肢が目の前にある。

(ふたりとも、タダならぬことをしてもらったんだよな……)

知り合いと呼ぶにしては、ステップアップした関係だ。詩織の手コキにせよ、恵麻のパイズリにせよ、今までの灰色の学生生活を覆すほどの大事件で、敦史自身まだ混乱の最中にあった。そして、なにかしらの判断が必要なことにも気づいている。

ふと腕に重みを感じた。横に座った瑞樹がワイシャツの袖をつかんで引っぱっている。

「……どっちと踊るの？」

「だから、決まってないって。俺だって突然のことで焦ってんだから」

先ほどと違い、敦史の視線から逃れるように顔を逸らし、小声で告げる。

「あの……まだ決まってないなら……私、立候補する」

「立候補……なににだよ」

瑞樹はすぐには答えず、ワイシャツの裾を摘まむ指先にギュッと力をこめる。

耳まで顔を薄桃色に染め、眼鏡の向こうの瞳がせわしなく揺れていた。

そうとう緊張しているのだろう。やや肉厚の唇から小声が震えながら漏れる。

「わ、私を誘って……こ、後夜祭のフォークダンス……」

(おまえ、それって告白と同じだぞ)

そう言おうと思ったものの、複雑な感情のあまり、口にできなかった。

長い間、異性の友人として接してきたが、瑞樹は先に進むことを選んだのだ。

この先どうなるかはともかく、少なくとも、もとの関係には戻れないだろう。

しかも、有利不利でいうなら、完全に不利だ。

(ふたりとは、もうただの知り合いってわけではないんだよな)

さすがに幼馴染みでも、彼女たちとの秘密は明かせない。

「なにかあったんでしょ、詩織さん、恵麻ちゃんと？」

そのひとことに奥歯を嚙んで、胸の痛みを堪える。

(気づいているのか、ふたりとなにがあったのか……いや、そんなはずは……)

昨日今日の敦史に起きたことについて、瑞樹が知っているはずがない。

それぞれと距離を縮めたことを、雰囲気から察したのだろうか。

(すごい観察眼だな。なんでわかるんだろう……それはともかく、マズいな……)

焦りを覚えはじめると、当の瑞樹は少し顔をあげ、やや上目遣いで見あげる。

「ふたりとも昨日と違ったもん。それに、アッくんもふたりを見る目が違った」

「なんも違わないって。おまえ、エスパーになれるよ」

またしても冗談はまったく通じず、瑞樹は顎を小さく横に振る。

「絶対に違う。だから、決めたの」

瑞樹は椅子に尻を乗せたまま、敦史との距離を縮めた。

互いの身体が触れ合うまで迫り、敦史の左側がほのかな温もりを感じる。

（どうして、緊張してるんだ！）

広い教室で女子とふたりきり、しかも、腕と腕が密着していた。慣れた相手だというのにガチガチに緊張し、舌も身体も動かない。それどころか思考すら鈍くなっている気がした。自分がどうすべきかを考えるよりも、状況の認識で精いっぱいだ。

（コイツも女子なんだな……）

瑞樹は敦史にもたれてきた。そのため、身体の側面で触れ、女体をアピールする。うす茶色のチェック柄のスカートから伸びるふとももはやや肉厚で、ムッチリとしていた。弾力のあるマシュマロを思わせ、叶うものならギュッと抱きつきたい。

（ムズムズしてきたかも）

敦史の左肩に彼女は頭を乗せている。かつてないほどに女性の頭部が迫り、そこから少し甘いシャンプーの残り香が鼻先をくすぐる。豊かな黒髪は健康そのもので艶やかに輝き、几帳面な分け目を作って左右で三つ編みに結わえられていた。

（気づいてないのか……いや、気づかないでくれ！）

二の腕は、やわらかく温かい。だが、敦史の身体に触れているのは腕だけではない。胸もとの臙脂色《えんじいろ》のリボンはふくらみに乗りあげ、その乳房の側面にも接している。豊満な肉塊に密着され、今まで意識したことないほどの存在感を覚えた。

瑞樹は顔を真っ赤にして、視線を逸らす。

「大胆なことをして、すごく緊張してるんだよ……わかる？」

問いかけると同時に、敦史の左腕に腕をからめた。敦史の腕は乳房の谷間にギューッと埋められ、まさしく包みこまれる。焼きたてのパンケーキにも似た、ふっくらとした、やわらかい肉塊が心地よい弾力で迎えてくれる。

ドクン！　ドクン！　ドクン！　ドクン！

瑞樹の鼓動を腕で感じ、それが敦史の鼓動と共鳴した。

身体を流れる血潮は、暴力的なまでに猛り出す。

ふと、自らの視線を自身の下腹部に向けた。

学生ズボンの下は、極めて不自然に盛りあがっている。

(ヤバい。隠さないと……こんなの見られるわけにはいかない！)

空いている右手をポケットに入れて、ズボンの内側で押さえようと思った。

しかし、敦史が反応するより先に瑞樹はつぶやく。

「ねえ……これ、どういうこと？」

不幸にも、敦史の下腹部が視界に入ったのだろう。

(いや、もちろん、違うものを見ている可能性もある。まだチャンスはあるはず)

さりげなくポジションを正せばごまかせるかもしれない。万一の期待にかける。

「ぼ、勃起……してるんでしょ」

(終わった!)

緊張した瑞樹の言葉がなにを指すかは明らかで、隠したところでかえって格好悪い。

彼女の身体に触れただけで、興奮を抑えられなかった。

健全な男子なら当たり前の反応ではあるが、同時に下品と評価されても仕方ない。

(浮かれた俺が馬鹿だった)

気分は一気にドン底に落ちた。もっと早く気づいていれば、目立たなくできたかもしれないが、乳房の感触に夢中になりすぎて気がまわらなかった。

「私に興奮したの?」

自分でもショックのあまり、尋ねられたことに、素直に首肯する。

(さらば、俺の高校生活……)

せっかく告白してくれたのに、この反応では台なしだ。ロマンスの欠片もない。

この先、瑞樹に軽蔑されて過ごすのだろう。しかも、もしほかの女子にまで話が漏れたら、クラス中の女子から罪人を見るような冷ややかな目で見られるのだ。

いずれにせよ、すべては瑞樹の沙汰《さた》次第だ。

「ねえ、アッくん」

こちらを見あげて呼びかけられたが、すぐには反応できず、ひとつ唾を飲む。

「……おう、なんだ」

「うれしい！」

瑞樹は胸もとで両手を組み、丸眼鏡の向こうの目を大きく見開いて輝かせた。

頬を紅潮させ、胸のうちの感情を一気呵成《いっきかせい》に放つ。

「これって、私をただの友達じゃなくって、女子って見てくれているからだよね。つまり、私にもチャンスが残っているんだわ。ああ、よかった！」

敦史は意外な反応に気圧され、またしても、うなずくに留まった。

瑞樹のマシンガンは、なおも敦史のハートを狙って乱射される。

「負けない。詩織さんみたいに大人っぽくないし、恵麻ちゃんみたいにかわいくないけど、なにもしないでアッくんを取られるのなんて絶対いやだもの。これは戦争よ」

校内二大美少女の争いに割って入り、迷いもなく参戦を宣言した。

ふたりに比べれば、目立たず地味で、三つ編みおさげというのも敦史の好みではないものの、瑞樹も美少女の範疇《はんちゅう》だ。そのうえ女子力の高さは本物で、なにより相性が悪くないのは長年のつき合いで保証済みと言える。

「戦争だなんてオーバーだな」

そう答えながらも、嫌われたわけではないことに安堵した。

そして、残念ながら、彼女の参加によって、状況はより複雑になる。

「そんなことないわ。だって、彼女たちとなにかあったんでしょ」

自信のみなぎる発言に対して返事できなかった。沈黙は肯定にほかならない。

「言わなくてもわかるの。さっき手伝ってくれたときのふたりの言動を見ていたら、より親密になった感じがしたわ。だから、私もがんばる」

「がんばるって、なにをだよ」

「明日、ダンスに誘って……私も、しっかりアピールするから！」

その直後、くすぐったさに似た感覚が下腹部に湧いた。

目を向けると、瑞樹が勃起に手のひらをかぶせ、そっと撫でている。

「ちょ、ちょっと……ううっ、み、瑞樹！」

「いいから、いいから。だって男の子なら好きでしょ、エッチなこと。へぇ……オチ×チンってこんなふうになっているんだ……すりこぎ棒みたい……」

敦史が女子の肉体に興味があるように、瑞樹も男子の肉体に興味があるのか、楽しそうにペニスを撫でていた。竿の部分はもちろん、亀頭のふくらみや付根あたりを指先で押して、ズボン越しにその姿形を確かめている。

「どうして大きくしちゃったの？」

「そんなの……わかんねえよ……うっ」

答えるのが恥ずかしくて言葉を濁したが、新たな刺激を受けて呻いた。

瑞樹は親指と人さし指で輪を作って肉棒を押さえ、その輪をスライドさせて捏ねている。当の彼女は敦史の反応に気をよくしたのか、楽しそうだ。

「うふふ。だいぶわかってきた。気持ちいいんでしょ。ちゃんと正直に話してくれたら、もっとエッチなことをしてあげるよ」

瑞樹の言葉に期待するあまり、呆気なく羞恥を忘れてしまう。

「さっき抱きつかれたとき、おっぱいが当たったから……うっ」

指の輪で雁首の段差を撫であげられた。

幼馴染みの指遣いは徐々にこなれ、男の弱点を巧みに責める。

雁首どころか、裏スジが敏感なことにまで気づいたようだ。

「教えてくれてありがとう。でも、当たったんじゃないよ。当てたの。だって、アツくんと触れていたかったんだもの……」

丸眼鏡をかけた幼馴染みは、頬をカッと紅潮させた。

「瑞樹、おまえ……」

恥ずかしげな表情にも愛おしさを覚えたものの、名前を呼ぶのが精いっぱいだった。

呼ばれた当人は、両目をたわめて微笑む。

「約束どおり、もっとエッチなことしてあげるね」

横からもたれていた瑞樹は、そのまま上半身を伏せ、敦史の下腹部に顔を寄せた。

三つ編みの後頭部しか見えなくなり、瑞樹の頭の向こうからチチチチと小さくなめらかな金属音が聞こえる。

「……意外と難しいね」

敦史のファスナーを開け、社会の窓の内側に指を入れて探った。

男性器は大きくふくらんで、外へ出ようとする。だが、その間を下着が阻む。

瑞樹の細い指先が、下着の上をモゾモゾと這う。

男性ほど慣れているわけではないので、苦戦しているようだ。

(これはこれで、なかなか……むう……)

下着越しで女子に触れられ、ムズムズした感覚が強まった。微弱ながら存外に心地よく、肉棒は硬化して下着を突きあげる。閉じこめられたものを解放し、もっと感じたいと切望する一方、一抹の不安があった。

「もう少しかな……あっ、出た！」

瑞樹が楽しそうに言うと同時に、下着の中に封じられていた陽根が外へ飛び出た。

敦史自身からは瑞樹の後頭部しか見えないが、性器は確実に彼女に見つめられている。しかも、よりによって発情形態だ。吐息と視線にくすぐられ、とてもこそばゆい。

そして、不安に思っていたことを聞かずにはいられなかった。

「笑わないんだな……」

「なんで笑うの。むしろ、こんな状態ははじめて見るから、ビックリしてるよ」

劣等感を抱いている包茎を無事にスルーされ、安堵した。

気持ちに余裕が生まれたためか、今度は今の状態に物足りなさを覚える。

これでは蛇の生殺しというものだ。とはいえ、ストレートに伝える度胸はない。

「見てるだけじゃなくて……その、頼むよ」

「うん、わかった……」

曖昧な表現でも伝わったらしく、豊かな黒髪を小さく揺らしてうなずいた。

直後、むず痒いものが背すじを走る。

瑞樹のふっくらとした唇が、汚れた男性器に触れた。

おそるおそるといった感じで、唇の先で軽くついばむ。

唇の先がふにふにと余り皮に触れ、わずかに貼りついては離れることをくり返す。

微弱な刺激にもかかわらず、いつの間にか拳を強く握り、手のひらが汗ばんでいた。

はじめて受ける口唇愛撫があまりに快く、低く唸ってしまう。

「ううっ……舐められたところが、蕩けそうだ……ううっ」

思わず漏らした感想に気をよくしたのか、瑞樹は大胆に舌を使い出す。

彼女は顔を少し横に倒し、アイスキャンディを舐めるように、棒状に硬化した男性器に舌先を押し当ててゆっくり上下に移動する。

舌上の凹凸までわかるほどの、スローで丁寧なフェラチオだ。

無限に続くわずかな段差で撫でられ、新鮮な刺激がとぎれない。

舌先はやわらかく、感覚的にはやさしいというのに、肉棒が溶けてしまいそうだ。

「ぴちゃ……なにか……ぴちゃっ……また硬くなってきたよ」

肉竿を舐められ、濡れた表面を吐息がそよぎ、興奮をいっそう募らせた。

男根は根を広げた大樹のように逞しくそそり立ち、オスの発情を訴える。

大きくなることは恥ずかしくも誇らしくもあるが、ひとつ問題があった。

「ごめん、ちょっと姿勢を変えてもいいかな」

せっかくの初フェラだというのに、太くなったがゆえに、金属のファスナーが勃起の根もとや恥毛をかすめ、どうにも落ち着かない。

3

敦史はおもむろに立ちあがり、もどかしそうにベルトをはずそうとした。

だが、緊張のためか、カチャカチャ鳴るだけでうまくはずせない。

「しょうがないなあ」

瑞樹は床に膝をついた。敦史の手をのけ、かわりにベルトに指をかける。男性ほどには慣れていないが、そう難しくはない。

「申し訳ないな。こんなことまでしてもらって」

「今さらなに言っているのよ」

余裕綽々《よゆうしゃくしゃく》で返したものの、自分でも緊張しているのがわかる。

(エッチな子って思われてたらどうしよう……でも、アピールしなくちゃ!)

敦史とのつき合いは長いので、お互いをよく知り、おしどり夫婦めいた感じはある。

そんな関係も悪くはないと考えていた。

しかし、ぬるま湯のような緩い関係が、もはや限界であることを突きつけられた。

(詩織さんはチョー美人だし、恵麻ちゃんは誰が見てもかわいいけど、負けないんだから)

見た目ではふたりに及ばないぶん、違うところで訴えなくてはならない。

ふたりともただの美人というわけではなく、昼間の家庭科部の騒ぎから、敦史が悩みを相談できる相手でもあり、それを引き受ける間柄でもある。

(きっと、なにかあったんだ……)

そのなにかに思いをめぐらせると、胸が痛んだ。

敦史との仲を守るため、ぬるま湯関係からの脱却を図る決意をした。

ただ敵は強大で、決戦は明日と期限は短い。だから、ためらう暇はない。

強引だろうが、卑怯だろうが、敦史のハートをガッチリつかまなくてはならない。

胃袋へのアピールは済んだから、今度はオトコの部分に訴える。

「はい、足をあげて」

スラックスを脱がし、手早く皺を伸ばした。折り畳んで、隣のテーブルに置く。

勃起が前開きの穴から出ていたので、敦史が自分で下着を脱ぎ、両手で股間を隠す。

「恥ずかしがってたら、下校時間になっちゃうよ」

彼の手を剝ぐと、男性器がピョコンと弾けた。

改めて敦史の下腹部と対峙《たいじ》し、ひとつ唾を飲んでしまう。

(やっぱり不思議な形ね)

大樹にも似た男根が、股間から天を見あげていた。エッチなマンガで見たのとは違って先端まで皮に包まれ、その隙間から先走りの粘液がテカテカと卑猥に照る。

一方、根もとは恥毛が生い茂り、さらに下にはシワシワの嚢袋が垂れていた。

「あんまり見つめないでくれよ……俺、爆発しそうなんだ」

肉棒がビクンと弾み、新たな粘液が滲んだ。滴になって竿を伝い、睾丸を濡らす。

彼の気が逸《はや》っているのが伝わり、顔を寄せ、舌を伸ばした。

滴を舌先ですくい、流れたのと逆ルートで舐めあげる。

「ごめんな、汚いのに……あ、あ、あああ、いいよ……」

うっとりと漏らす声を聞き、はじめてのフェラチオが間違っていないのに安堵した。

未経験ながら、彼の反応を頼りに次にどうすべきか思案する。

(ひょっとして、ココも気持ちいいのかな)

狙いをつけたのは、硬化した屹立と対照的に、どこか滑稽《こっけい》さもある陰嚢だ。

表面は複雑な皺に覆われ、少し空気の抜けた風船のように垂れ下がっている。

「れろっ、れろっ……ぴちゃっ……れろっ……」

やわらかい嚢袋とやわらかい舌先とが触れ、暖簾に腕押しではないが、反発力がほとんどなく、舌では捉えられない。それどころか、舌を這わせても、中のものがスルスルとかわされている感じがした。

(これがタマなのかな。確かにふたつある。意外と小さいのね)

袋状にぶら下がった陰嚢を舌ですくい、睾丸を探った。しかし、ふたつあるというのに捕まえることはできず、追えども常にかわされる。

(んもう。逃げられないんだからね!)

身体を倒し、その一方で首を伸ばして下から食らいついた。舌で捕獲するのではなく、口に閉じこめる。唇を締めると、やわらかい嚢袋の中でミニトマトのようなものがコロコロ転がった。しかし、陰嚢自体を押さえたので、逃げようはない。

(プリプリしている……)

男性器に触れるうちに、今までマンガや授業で見聞きしたことが、急速に自らの経験として結びついた。

一方、敦史は、目の焦点が合わないような、恍惚とした表情で見下ろしている。

「ああ……タマ舐めって、感じるもんなんだな……自分で触ってもこんなにならないよ。それに、今日の瑞樹、超エロくっていいよ……ああ……」

敦史に見られるのを意識してしまい、反射的に顔を離そうとした。

（こんな格好、恥ずかしすぎるよ）

改めて自分の姿を考えると、あまりに下品な行為だと気づいた。

男性の股間の下から睾丸を口に含むなんて、エッチなマンガでも読んだ記憶はないし、自分がとても卑しく思われている可能性を懸念する。

（でも、悦んでくれているみたいだし、今日はご奉仕しちゃうんだから！）

むしろ、下品なほうが受け入れられる雰囲気を察した。

男子はきっとそういうものなのだろう。

「気持ちいいなら、もっとしてあげる。だから、明日はよろしくね……はむっ」

無防備に垂れ下がる嚢袋にかぶりつくと、敦史は「うっ」と唸った。

唇で睾丸を押さえながら、飴玉を舐めるように舌を動かす。袋状でやわらかいのに、厚くザラザラした皮膚の向こうで、球形のものが右に左へと逃げ惑う。

「れろっ……アッくんの飴ちゃん、ふたつもあるから舐めがいがあるね……れろっ」

男の弱点を転がし、唇で挟み、吸いつく。

常に反応が異なり、おもちゃみたいで楽しくなってきた。

一方、敦史は少し苦しそうに呻く。
「ううっ……そろそろ、その……ほかの所も頼むよ」
せっかく興が乗ってきたところだったが、リクエストに応えて口を離す。
いつの間にか陰嚢が唾液まみれになり、卑猥に濡れ光る。
そして、オスの発情を訴えるかのように、肉竿もテカテカと輝いていた。
先走りの粘液が先端からだらしなく漏れ、それが妖しく照り返す。
「私にこんなにも興奮してくれているんだ。ありがとう。ちゅっ」
大樹の根もとに軽く接吻した。
すると、彼は「あっ」と声を漏らし、肉棒をビクンと弾ませる。
感じてくれたのに気をよくし、そのまま男根の裏側にキスの雨を降らす。
(すごいエッチなことしてるけど、イヤらしいって思われないかな……)
我ながらずいぶんと大胆なことをするものだ。いくら強力なライバルが現れたとは
いえ、健全な男女交際をすっ飛ばした行為に、さすがに心配になる。
勃起の裏側をついばむとき、視線をあげた。
座っているだけなのに、敦史は額から汗を滴らせ、はにかむ。
「その……か、かわいいよ……」

そして、瑞樹のほうに指先を向け、前髪を梳いてくれた。額のあたりを彼の指がかすめ、少しくすぐったい。彼から触られたのはいつ以来のことだろう。

たったそれだけで頬が熱くなり、胸がキュンとした。

今にも爆発しそうな感情を堪え、反射的に返す。

「ダメよ。エッチなことをしているときに言ったって、信じないんだから……でも、今だけは私のことを考えて。ちゅっ……れろれろっ……ちゅっ……」

（やった！　かわいいだって！　やった！）

屹立をついばみ、我慢汁の跡を遡った。気分が高揚したせいか、男性器を口唇であやすことに羞恥や抵抗は薄れ、唇や舌を強く押し当てるのにためらいがなくなる。

それどころか、硬さを増して応える肉棒に愛おしさすら覚えた。

（パンパンにふくらんじゃって……このコ、けっこうかわいいかも）

ミチミチと気張った肉竿は、鉄芯をゴムで巻いたような独特の感触で、そのうえ、ややホップしていた。遡ると茸の傘のように張り出したところへと至る。

（これが亀頭ね。まさしく亀の頭みたい）

肉棒の先端はアスパラガスの先のようにふくらみ、白い薄皮に覆われていた。

その先は、包皮の内側から亀頭が地肌を見せる。

怒っているかのように真っ赤になり、飛び出そうとしている。

「今、そこから出してあげるからね」

自分でも気づかないうちに、男性器に語りかけていた。

恥ずかしさをごまかすように、唇の先で括れに触れる。

チュッチュッとかすかな吸着音が漏れると同時に、敦史が唸る。

「あっ、うう……先っぽも、もっと舐めてくれよ」

(いいわよ。いっぱいキスしちゃう)

そう口にするかわりに唇を伸ばし、薄皮と赤肌の境目に接吻した。

唇で短く触れることをくり返すと、彼は今まで以上に息を乱す。

「あっ、うっ、す、すごい……うう、ヤバいよ!」

苦悶《くもん》にも似た表情を浮かべるが、感じているのは明らかだ。

(よかった。じゃあ、もっと舐めてあげる。でも、なかなか出てこないのね)

亀頭はふくらみ、必死に首を伸ばそうとしているように見えるものの、タートルネックのままだ。手を使えば簡単に剝けるのかもしれないが、せっかくの初フェラなのだから、拙くとも口唇を堪能してほしい。

身体を少し起こし、亀頭に顔を寄せる。

（これがアッくんの匂いなんだ……）

男性器から放たれる匂いに女の欲望が刺激される。

鼻を寄せ、深く息を吸った。

酸味のまざった淫らな香りに、うっとりと酔いそうになる。

「頼む、もっと舐めてくれよ」

「ああ、ごめんね。私もはじめてだらけだから……えっと、先っぽだったよね」

鼻から中毒性のある香気を嗅ぎながら、要望に応える。

舌先に唾液をため、包皮の隙間からわずかに見える赤黒い亀頭に舌をからめる。

ほんの少し触れただけで、敦史はまたしても苦しそうな顔をする。

「ノーハンドフェラなんて、チョー贅沢だ……ああ……」

今度は尿道口らしき筋目の上で舌をしばたかせる。

ピチャ、ピチャ、ピチャと湿った音を響かせた。

（これ、剝けるかも……やってみようかな）

唾液が包皮の隙間に染み、潤滑油として機能したのか、先ほどよりも薄皮がパンパンに張りつめ、亀頭が露出しそうだ。

唾液をたっぷりまぶし、包皮の中に舌先をねじこむ。

実際にどれほど隙間に入ったのかは定かではないが、亀頭は小刻みに震え、必死に首を伸ばそうとしているように見えた。

もうすぐ剝けそうになると、敦史はあからさまに狼狽《ろうばい》する。

「あっ、ああ……ヤバい……これ、本当にヤバいかも！」

（えっ……なに……ど、どうしたらいいの？）

敦史は警告を発したが、理解できなかった。今できることは、彼を悦ばせることだけで、余り皮を剝きつづける。舌先を曲げて包皮にかけ、そのまま引っぱった。

男のタートルネックがズリュンと一気に剝け、亀頭が完全に露出する。

生白い肉竿の先に、赤銅色の肉の矢尻が堂々と鎮座していた。

しかも、瑞樹の視線の先は亀頭の裏側にあたり、鰓の括れにネクタイのような筋が走っているのが目に入る。

男性器は複雑で卑猥で禍々しくもどこか畏怖《いふ》を覚え、目を離せない。

匂いも濃くなり、その匂いに引きよせられるように、ネクタイ状の筋を舌の先でチロチロと上下にくすぐる。

「ご、ご、ごめん。も、も、もう、ガマンできない。ウオオオッ」

切羽つまった感じで断末魔にも似た咆哮《ほうこう》をあげると、勃起がブルッとわなないた。

ビュル！　ビュ！　ビュ、ビュッ……ビュッ……。

突如、視界が白く汚された。ダメ押しで、ペニスをもうひと舐めすると、視界がさらに白く染まる。しかも、頬の上が妙に熱い。

「すまん、瑞樹。ううっ……顔射なんかしちまって……あうっ」

やがて、その白濁としたものが、ドロリと流れた。

（ああ、そうか……これが精液なんだ）

顔で射精を受け、眼鏡を汚され、鼻すじや頬をネットリと伝い落ちた。

匂いは強く、熱い。精液自体が生きているかのような存在感を放つ。

屈辱的な扱いではあるものの、高揚のせいか、腹の奥底が物欲しそうに疼く。

「あっ……うっ……ごめん……うう……」

精液を射出するたびに、彼は低く呻いていたが、その間隔が徐々に開く。

しばらく荒い呼吸をくり返し、理性を取り戻したのか、急に頭を下げる。

「悪かった。顔に出すつもりなんてなかったんだ。あんまりにも気持ちよかったんで、我慢できなくって……ちょっと待ってくれ。ティッシュはどこだっけかな」

敦史は自分のペニスもまる出しのまま、慌ててちり紙を探そうとした。

家庭科室のスピーカーから、校内放送が流れる。

「あと三十分で下校時間となります。まだ校内にいる生徒は速やかに帰宅してください。もうまもなく見まわりを開始します」

文化祭で校内はまさしくお祭り騒ぎで、生徒はいつまでも居残りする。かといって、それを許せばトラブルの原因にもなりかねないので、下校はふだんより厳格になる。

(この先もちょっと期待したけど、時間切れみたいね……)

「……先に帰っていいよ。私はここの片づけがあるから」

瑞樹は自分のポケットからティッシュを取り出し、顔を拭いた。

敦史を家庭科室から追い出したあと、ティッシュの中の残骸を鼻先に寄せ、深く息を吸いこむ。そして思わず、ひと舐めしていた。

男の粘液を飲みこむと、腹の奥底がせつなさに悲鳴をあげる。

自分に欠けたなにかを求めているかのように、キュンキュンと疼いた。

第四章　憧れの初体験

1

文化祭二日目は、一般開放される。
チケット制ではあるものの、開門と同時に多くの人が校内に流れこむ。
（すごい人だ。もし恵麻ちゃんのコンサートが今日だったら、パニックだぞ）
校門は待ち合わせも多いのか、混雑していた。
敦史は老若男女の人波をかき分け、印刷したての号外を配る。
校内の案内図を兼ね、展示や企画をピックアップして紹介していた。
誰もが通る校門のすぐ脇ということもあって、飛ぶようにはける。

(プラネタリウムも家庭科部も人が集まるんだろうな。客が入れば、あの鉄板焼きのクラスもちょっかいを出してこないだろう)

昨日のトラブルの再発を危惧したが、忙しければ、その火種は生まれない。それに今日は強力な助っ人もいないから、なおさら恨みを買う理由がない。

(さて、どこから行くかな)

新聞部の腕章をつけ、手帳で予定を確認する。

文化祭終了後の特集もあり、部員総出で校内を隈なく取材していた。

「敦史クン!」

校門付近の雑踏のなか、すんだ声が響いた。背すじを伸ばした姿は凛とし、最上級生の風格を感じさせる。人混みにあっても、気品のあるオーラは見逃しようがない。

「詩織先輩!」

敦史が手をあげて反応すると、彼女も控えめに手を振って応える。

やわらかい微笑みをたたえ、まっすぐこちらに足を踏み出した。

すると、通りすがりの男性たちは彼女に見蕩れてしまったかのように足を止め、人混みのほうが彼女に道を譲った。彼らが本当に見蕩れていたのか確認する時間もないほど、彼女は最短距離で目の前に到達する。

「お役目ご苦労さま。二日目は人が多いわね。気合を入れないとダメね」

クールな副会長も、さすがに一般開放で昂っているようだ。

「先輩は教室にいなくていいんですか」

「プラネタリウムは、もうみんなに任せて大丈夫。それより、今日はこっちよ」

そう言って、左の二の腕を見せた。生徒会の黄色い腕章がつけてある。

「あなたは取材？」

「はい。俺は同好会を中心にまわる予定です」

「今日はお客さんが多いし、場所によっては待ちそうね」

「それはこの腕章があれば問題ありません。みんな気を使ってくれるんで」

今度は敦史が新聞部と書かれた腕章を見せた。新聞部では文化祭終了後に特集を組むことを周知しているので、取材される側もそのことをわかっていてサービスがよくなる。したがって、この腕章は文化祭期間中、黄門《こうもん》様の印籠《いんろう》なみに効果がある。

「羨ましいわ。生徒会はただの見まわりでファストパスにはならないし、遊んでるように見られるのもね……ねえ、しばらく同行させてくれないかしら」

そう言って、ウインクした。いつもは隙のない落ち着いた表情をしているのに、今この瞬間は悪戯っ子めいた笑みを浮かべる。

「同行ですか……？」

多少見慣れたつもりでも、大人びた美少女の笑みに破壊力めいたものを感じた。

理性は粉々に打ち砕かれ、ただただその微笑に目を奪われる。

急激に鼓動が跳ねあがり、心臓の爆発を堪えるのに必死だ。

ところが、さらに感情を煽るかのように、細い腕をなめらかにからめてくる。

「私もいろいろな企画が見られて、見まわりもスムーズになるわ。それに……」

詩織はそこで区切り、耳もとに顔を寄せる。

「文化祭デートっていうのも、悪くないんじゃないかしら」

色っぽい囁きに耳たぶがくすぐられ、背すじを甘い痺れが駆け抜けた。

声だけで天国まで誘導されてしまいそうだ。

二の腕に女性のふくらみが当たり、詩織が女子であることを意識させられる。

(これ以上くっついていたら、絶対にガマンできなくなりそうだ)

下半身が変形する前に、腕を引き抜いて自制する。

「そ、それはナイスなアイデアですね。ど、どこでどんな企画があるかは、だ、だいたいわかるんで、あ、案内しますよ……」

詩織の不意打ちは動揺を残し、息がつまった。深呼吸して、息を整える。

彼女は相変わらず微笑んでいた。敦史を困惑させて楽しんでいる雰囲気がある。

「後夜祭の前に年下の恋人をお披露目するつもりだったのに、残念ね。でも、放課後を楽しみにしているわ。では、参りましょうか。素敵なガイドをよろしくね」

そう言って、横髪に指を通してサッと梳いた。細い黒髪が風に舞い、煌めく。

「いいんですかね、こんなにもらっちゃって」

腕章をつけた男女が歩いていれば、それなりに目立つ。しかも、ひとりは校内の有名人だ。目の前を通っただけで、模擬店からクレープをひとつもらった。さらに、駅弁の売り子みたいな生徒を見つけたところ、彼は「コレで見逃してくれ！」とフランクフルトを敦史に握らせて去った。

「さっきの彼、移動販売が禁止されているのを知っていたわね」

「売り物の内容から、たぶん三年五組あたりじゃないかと思います」

「五組ね。確かに、彼の顔を見たことがあるわ。場合によっては処罰しないと……でも、もらったものはもらったものとして、さっさと食べましょう。はむ……甘あい」

詩織はクレープを小さくかじるや、ふだんは涼しげな目もとをやわらかくたわめ、満面の笑みを浮かべた。

(甘いものが好きなのかな。落ち着いた雰囲気のせいか、ちょっと意外)

生クリームが生地からはみ出して唇に付着すると、詩織は舌先だけで舐め取る。濡れ輝く舌がゆっくりスライドし、ふっくらした唇を押す。

(女子の唇ってエッチだよな)

そんな感想を抱きつつも、昨日のことを思い出さずにはいられなかった。

幼馴染みの瑞樹に、フェラチオをしてもらったのだ。

やわらかな舌で極上の快感が与えられ、あっという間に絶頂を迎えてしまった。

(すごい気持ちよかったもんな。でもアイツ、怒ってないかな……)

急激な快楽のあまりに我慢しきれず、舐めてもらっている最中に射精がはじまり、結果として顔を汚した。三つ編みの幼馴染みは、黙ってそれを受け止めた。

丸眼鏡の上に液だまりを作り、鼻すじの脇を白い粘液を伝い落ちた。

己の体液で女性の顔を汚す行為に、肉体的な快感とは違う種類の快楽を覚えたのも事実だ。このときばかりは支配欲が急速に満たされ、爽快感すら覚えた。

ただ、それをされた女性は、男性とは異なる感情を抱くのは容易に想像できる。臭い体液を顔で受け止めるのだから、さぞかし屈辱的で不快な思いをしただろう。

(やっちまったよな、こりゃ)

はじめての口唇愛撫は、最高の性感と最悪の自己嫌悪をもたらした。

幸か不幸か、下校時間で慌ただしい別れとなり、瑞樹と話す機会はなかった。

二日目の今日は家庭科部も忙しいらしく、彼女の様子もわからない。

「どうしたの、黙っちゃって？」

静かな声が現実に呼び戻した。詩織が横からこちらをのぞきこむ。

「いや、なんでもないです」

「そういえば今朝、水上さんに会ったわよ」

突如、思い浮かべていた女性の苗字を告げられ、心臓が高鳴った。

詩織にその名前を言われると、胸のあたりが痛む。

クレープを小さくかじり、詩織は混雑した廊下をゆっくり歩く。

「朝イチに教室に来て、昨日のお礼を言ってくれたの。わざわざお手製のクッキーまで持ってきてくれて、ずいぶんと律儀ね」

「律儀というか、真面目すぎるんですよ」

「彼女のことをよく知っているのね。どこかのアイドルよりもよっぽど難敵だわ」

生徒会副会長は、強力なライバルの登場を喜ぶかのように、唇の端を傾けて微笑を浮かべた。女性らしく繊細ながらも、豪胆で強気な自信を感じさせる。おそらく、自信を持つだけの苦労や経験を重ね、現在の地位を築いてきたのだろう。

「難敵なんて言いすぎです。今どき、三つ編みおさげですよ。昭和の生き残りみたいなレトロなヤツで、パソコンは使えないし、性格も母親みたいなんですから」

詩織を立てるために瑞樹を悪く言ったが、もちろん半分は冗談だ。

まして昨日の今日とあって、彼女も特別な女性として胸の一部を占める。

(モテ期が来たって浮かれてたけど、けっこうツラいな)

三人の女性はそれぞれに素晴らしく、今すぐにでもおつき合いしたいくらいだ。

だが、実際につき合えるのは、ひとりきりなのだ。

(俺に選べるんだろうか……)

おととい、突然、選択肢をふたつ突きつけられ、昨日はそれが三つになった。

相手を選ぶのはおこがましいと思うものの、自分が選ぶしかない。

しかも、得る魚が大きい一方で、逃がす魚も大きい。

ふと横を見ると、詩織は意外にもニヤニヤと笑っていた。

「詩織先輩って、ひょっとして意地が悪くないですか」

「そんなことないわよ。だって、好きな人が苦しんでいるのって楽しいじゃない。ましてや、私にも関することなら」

敦史ごときの悩みは、お見通しなのだろう。

「やっぱり、ドSですね」

「幸せでありたいというのか。まず苦悩することを覚えよ」

威厳を示すように男性のように低い声で言ったあと、ふだんのトーンに戻す。

「ツルゲーネフよ。私だって悩んで告白したわ。たぶん、みんなも同じ。だから、今度はあなたが悩む番よ。三人の女子を悩ませたんだから、三人分悩みなさい」

廊下を歩きながら、敦史の背中をたたいた。パシッと小気味よく響く。

「痛い！」

そう返したものの、ちっとも痛くはない。

(そうか、みんな悩んだのか。そうだよな。俺、自分のことしか考えてなかった)

悩んで当然と突き放す言い方ではあるものの、むしろ思考はスッキリする。

悩みは悩みとして変わらないが、前に進むための勇気をもらった。

「先輩は間違いなくドSですね」

「でも、こんな素敵な女、なかなかいないわよ」

(真実だから厄介なんです。ドSで、イイ女で、最高に頼れる先輩です)

喉から出かけたが、口の中に言葉を留めた。

「ん……なにか言った？」

「いえ、なにも。次の取材先は、時間が決まっているんで急ぎましょう」

詩織の言葉で迷いは吹っきれた。

後悔のない選択をしようと改めて決意し、足を踏み出す。


「さあ、はじまりました。パネルクイズ・チャレンジ25！」

派手なスーツを着た司会が告げると、教室は割れんばかりの拍手に満たされた。

拍手の大きさに気圧されるほどだ。しかも観客は、他校の制服の男子が多い。

（そういえば、同好会の会長が言ってたな……）

十分前、敦史と詩織は工作室に来た。クイズ同好会の催事会場だ。

敦史は取材するため、同好会の会長にアポイントメントを取っていた。

すると、会長からイベントの雰囲気を味わってほしいからと、時間を指定された。

それがどうやら、クイズの開始時間だったようだ。

教室には、クイズの解答者用の座席が四つ作られ、ふたり一組で参加する。解答席はそれぞれ赤、青、白、緑色で飾られていた。一方、大きなテレビモニターが用意され、縦五、横五で二十五マスが映し出されている。

テレビでお馴染みのクイズ番組を模倣したようだ。

クイズ同好会は他校と連携していて、文化祭では互いに招待しあうと聞いている。

実際、赤以外の座席は他校の制服で埋まっていた。

観客の拍手がやむと、司会を務めるクイズ同好会の会長が声を張りあげた。

「クイズの参加者の紹介をしましょう。赤チームは本校なら誰もが知る美しすぎる生徒会副会長、新城詩織さん。そして、新聞部の青島敦史くん。他校の猛者《もさ》を相手にどこまで戦えるか健闘を祈りましょう！」

パネラーの紅一点とあって、詩織の紹介で拍手は割れんばかりに響く。

そして、拍手の大きさに比例して緊張が高まる。

(どうして、俺がここに！)

クイズ同好会の会長が気を利かせて、イベントへの参加席を用意してくれたのだ。

人数が限定されることもあって、なかなか参加できない人気企画ではあるものの、クイズにあまり興味のない敦史にはいい迷惑だった。

断るつもりだったが、詩織が興味を持ったらしく、参加となった。

「こういうのははじめてだけど、悪くないわね」

悪くないどころか、敦史の横に立つ詩織は明らかに闘志をみなぎらせていた。

涼しい顔をしていても指先は早押しボタンにかかり、出走直前のランナーのようだ。

流麗な眼差しの先では、司会者が手もとのカードを見つめている。

「それでは第一問。問題。大晦日《おおみそか》の夜に――」

軽やかな音がポーンと響き、モニターが赤く染まる。

「奇襲をかけたのは赤チーム！　では、お答えください」

司会に言われて、はじめて自分たちが解答権を得ていたことを知った。

詩織がこちらを心配そうに見ている。

改めて自分の手もとに目を向けると、いつの間にかボタンを押していた。

たぶん、触れていただけのつもりだった指先に、力が入ったのだろう。

極度の緊張に襲われながらも、答えを探すべく連想する。

「えっと……大晦日の夜だから……じょ、除夜の鐘！」

不正解のブザー音の直後、司会が解説する。

「大晦日の夜に衝かれる除夜の鐘、新年に衝かれるのは何回でしょうかが問題。答えは一回。ちょっと解答が早かったようですね。不正解は一問お休みです。マスクを着用願います。では、気を取りなおして、二問目に参ります」

赤チーム以外で進行する間、多少は落ち着き、小声で謝る。

「まさか、こんな失敗をするとは……すみませんでした」

「緊張したのね。その×マークのマスク、なかなか似合うわよ」

目尻をたわめて笑った。遠まわしに小心っぷりを責められたようで恥ずかしい。

「本当にすみません」

「気にしないで。これが、はじめてのペアルックというのも、印象深くていいんじゃない。きっと忘れられないわ。もうすぐ三問目よ、集中しましょう」

リング上でガウンを脱ぐレスラーのように、どこか勇ましくマスクをはずした。

「またしても正解！　赤の女王、何番」

場を盛りあげようと、司会が声を張りあげた。

「五番」

詩織が短く告げると、角マスが赤く染まり、青いマスを挟んだ。

結果、青いマスがなくなり、青チームの男子が机をたたいて悔しがる。

そのとき、モニターからチャイム音が鳴る。

「チャレンジチャンスです。この問題に正解すると、他チームのマスを奪えます。それでは問題。女の愛を恐れよ。そう父親から告げられた半自伝小説の——」

軽やかな解答音が響く。モニターは赤く染まり、いやな予感がする。

「まだ問題文の途中だというのに、赤の女王が来た。もし正解なら、白の牙城が赤に変わり、赤の絶対的勝利か！」

司会の興奮した声に対し、詩織は口もとにうっすら笑みを浮かべている。

(ヤバい……こいつは絶対にヤバい！)

最初は四チームの均衡が取れていた。詩織は、歴戦のクイズ同好会の猛者に挑み、ギャラリーから賞賛を受けていた。

だが、途中からその均衡が崩れた。

知識量の豊富さ、地頭のよさで突出し、赤チームがリードを奪うに至った。

ひとり勝ちの状況は、見ているほうも面白くない。司会のマイクパフォーマンスに反して場の空気はよどみ、客席からは、またあの女かよといった敵意さえ漂う。

解答に集中しているのか、残念ながら詩織は気づいていないようだ。

(先輩は悪くない。これはフェアな戦いだ。全力で戦ってなにが悪い)

だが、それが最善だとは限らない。

詩織が答えようとした瞬間、敦史は割って入った。

「……すみません。間違えました」

「敦史クン、今のは私が――」

詩織が抗議しかけたところで、敦史は彼女のブラウスを軽く引っぱって邪魔した。

「おおっと、赤チームの彼はまたしてもお手つきだ。大事な場面で赤チームはお休みになり、残りのチームでチャレンジタイムは続きます」

司会者の興奮した声に、詩織の声はかき消された。

2

結局、残りの問題に詩織は一度としてボタンを押さず、勝利を逃した。

「かえって悪いことしたみたいだね。すまなかった」

クイズ同好会の会長は異変を察したのか、短くそう告げてから去った。

詩織と敦史は終始無言で、明らかに空気が重い。

(このままじゃいけない。とりあえず謝ろう)

さすがにクイズ同好会の目が気になったので、廊下に出るまで待った。

しかし、先に行動したのは詩織だった。彼女は廊下を早歩きでズンズンと進む。

「待ってください、先輩!」

彼女の心情を推し量ることができぬまま、背中を追った。

廊下に溢れる生徒や来客にぶつかりながら、詩織は敦史から遠ざかる。

(謝らないと……とにかく先輩に謝らないと!)

人混みを避けたのか、彼女は渡り廊下から逸れ、上履きで校舎裏へと向かう。

敦史も足を踏み入れると、詩織は日陰に立ち、肩を大きく上下させていた。

「さ、さっきは勝手に答えて……すみませんでした!」

息を整える間もなく、彼女の背中に謝った。

黒髪を浮かせて振り返ると、詩織の瞳が濡れていた。

冷静で勝ち気な雰囲気はひとかけらもなく、ワッと声を出して敦史の胸に飛びこむ。

「ごめん! ごめんね、敦史クン!」

「えっ、あっ、そんな……どうして……」

謝るつもりでいたのに、逆に謝られた。予想外の出来事に混乱を隠せない。

ただ、どちらにせよ、女子の泣き顔は見ていられない。

「とりあえず、泣かないでください。こっちまで悲しくなります……そうだ!」

ズボンのポケットに手を入れ、ハンカチを取り出す。

「今日はちゃんと持ってますよ。使ってください。先輩のは洗濯中です」

「……ありがとう」

切れ長の目をほのかに煌めかせ、詩織はハンカチを受け取った。

顔を伏せながら、目の端に軽く当てる。頬をサッと拭き、鼻を小さく啜った。

（詩織先輩でも泣くんだな）

彼女の涙は真珠のような輝きを放ち、とても神聖な気がした。

自らの腕の中でかよわい姿をさらされると、自分だけに許された親しみを感じる。

ましてや、誇り高い美少女ともなれば、今までとは違う側面を目の当たりにして新たな魅力を覚えた。

（先輩の髪から、いい匂いがする）

邪念が徐々に目覚めだすころ、彼女は顔をあげた。まだ白目が少し赤いものの、雰囲気は落ちつき、アルトボイスはいつものように抑揚を利かせる。

「取り乱して悪かったわ。ハンカチは洗って返すから」

「気にしないでください。それより気分はどうですか」

「おかげさまで……それよりも、恥ずかしいところを見せちゃったわね」

珍しく頬を朱に染め、視線を逸らした。

「残念ながら、先輩の背中しか見てません。それに、廊下ですれ違った人たちも、気づいてなかったと思います。人混みがすごかったから」

「……やさしいのね。それにしても、久々にやっちゃったわ」

「久々にやっちゃった？」

「夢中になるとまわりが見えなくなるの。小学校って先生が問題を出して、解けた児童に手をあげさせるじゃない。だから私、必死で解いて手をあげたわ。でも、あるとき同級生に言われたの、ウザいって。夢中どころか、暴走していたみたい」

詩織が寂しそうに笑うのを、敦史は黙って見ている。

「中高だとあまり手をあげさせないから、そういう性格が表に出ることはなかったけど、さっきのクイズはダメだった。誰よりも早く問題に答え、効率的に陣地を取ることだけに夢中になってしまって、結果として他チームを踏みつぶすのにためらいはなかった。敦史クンが割りこんでくれなかったら、危なかったわ」

はじめは、クイズ同好会の猛者に挑むジャンヌ・ダルクだった。観客もそう思っただろう。だが、詩織の強さが明らかになると、彼女が悪者で、まわりが勇者に変わった。たぶん、あのまま勝利を手にしても、しらけた空気で終わっただろう。

「先輩は悪くなかった。だって、互いに全力で勝負していたんですから。でも、これはこれで、よかったと思います。先輩は生徒会、つまりはホステス役ですから」

詩織は完璧にも等しい存在だと考えていた。類希《たぐいまれ》な美貌、優秀な成績、生徒会役員を歴任できる人望、どれかひとつだって羨ましい。

しかし、彼女は決して完璧ではなかった。

そして、己の弱さを知ってあがく姿には、尊敬の念を抱く。

「……そう言ってもらえると助かるわ」

彼女はもう一度ハンカチで目頭を強く押さえてから、顔をあげた。

いつもの整った笑顔を見せながら、ハンカチで顔を扇ぐ。

「久々に泣いちゃった。こんなところを見られて、すごく恥ずかしいわ」

「先輩も泣くんですね。冷静沈着で常勝無敗って雰囲気なのに」

「四字熟語みたいにお堅いってことね。でも、お硬いのはあなたのほうよ」

詩織を正面から抱いていた。

まるで恋人のような親密な距離は、彼女の存在を拒絶できないほどに心を占める。

人肌の温もりとやわらかさを両腕に感じ、彼女の香りを深く吸いこむうちに、男の部分が反応していた。人として惹かれ、今まで以上の親密さを求めてしまう。

詩織自身もそれを煽るように身体を寄せ、乳房のふくらみを押しつけた。

敦史の下腹部に指先を這わせ、上下に撫でる。もはや偶然の域を超えていた。

「あらあら、今日も元気ね」

野性に目覚めた部位をズボンの上から触られ、その内側のものを確かめられた。白く長い指を筆のようにやわらかくたわめ、ゆっくりと上へ下へと移動する。

「先輩、冗談はやめてください……あうっ」

詩織は大胆にも親指と人さし指で輪を作り、ズボンの上から秘部を愛でた。肉棒にそって狭い輪っかがスライドし、直接的な性戯をふるまう。

ムズムズとした感覚が募るにつれ、男根はますます充血し、強度を増す。男性器は限界近くまで膨張し、肉傘もめいっぱいに開いて臨戦態勢を迎える。

「冗談でこんなことできないわ。黙って、私の気持ちを受け取って」

指の輪で肉棒をしごきつつ、詩織は身体を寄せた。

肉体を密着させながら、彼女は顔をあげる。流麗な瞳を潤ませ、敦史を捉えた。その瞳に吸いよせられ、顔を近づけてしまう。

やや熱気のこもった吐息を肌で感じるまでに迫る。キスまであとわずかだ。

視線と吐息をからめた瞬間、強い刺激に下腹部が襲われた。詩織の指が雁首の出っぱりを的確に擦りあげたためだ。ウッと息を切らせ、腰から崩れそうになる。

「ちょっと！　大丈夫？」

先ほどまでとは逆に、詩織が敦史を支えた。とはいえ、完全に体勢を崩したわけではなかったので、敦史もすぐに両足に力をこめて持ち直す。

「すみません、あんまりにも気持ちよかったんで……それにしても、校舎裏でこんなことするなんて、けっこう大胆ですね」

ニヤニヤ笑って返事をすると、詩織は顔を赤くして、ばつが悪そうにする。

左腕は敦史の腰にまわり、一方の右手は肉棒を強く握っていた。

「ちょうど取っ手があったから、つかんだだけじゃない。あなたが倒れたせいよ。それとも、ギュッとされて、オチ×チン、感じちゃった？」

詩織のような美女に言われれば、下品なものを示す単語も、興奮を促す福音でしかない。彼女の手の中で大きく弾み、高揚を訴える。

その感触が指先から伝わったのか、満足そうな微笑みを浮かべた。

「あなたの好きな四文字なことをしましょうか」

考えるよりも先に、肉棒がビクンと跳ねる。

(四文字って、つまりアレだよな。いやいや、ちょっと待て。ここは学校だぞ。ズボンの上からしごくのとはわけが違う。でも、四文字といえばアレしかないわけで)

期待のあまりに気が逸り、思考は高速で空まわりしていた。

必死で考えようとしても、童貞の敦史にはひとつの単語しか思い浮かばない。

詩織は敦史の焦りを面白そうに眺めて、耳もとに口を寄せる。

「セックス」

吐息で鼓膜をくすぐられ、口の中にたまった唾液を飲み下だす。

詩織の指は肉棒を軽く握り、硬度を確かめる。そして、小さな声で囁く。

「それとも、オマ×コって呼ぶほうがお好きかしら」

品行方正な美女の口から卑猥な単語が飛び出し、脳が沸騰しそうなほど猛った。

我ながら単純だ。ただ、理性が残っていないわけではない。

「でも、俺なんかでいいんですか……まだ恋人でもないのに」

詩織が初体験を許してくれるなら、これほど幸せなことはない。

しかし、本当にそれでよいのだろうか。

「女はね、好きな男性に抱かれれば、それだけで幸せなのよ。少なくとも私はそう思うわ。特に、あんなことがあったあとなら、なおさらよ」

そこまで言われれば迷ってはいられず、男として覚悟を決めた。ためらいを捨て、緊張とともに強くうなずく。一方、詩織はズバリと聞いた。

「経験ある？」

首を縦に振ろうとした。くだらないプライドかもしれないが、未経験であることは隠したい。ただ、賢い女性を相手に嘘を見破られない自信はないし、嘘をついたと思われたら恥の上塗りになる。正直に首を横に振る。

「それなら、私が教えてあげる。ほんの少し先輩だから」

敦史の手を引き、詩織は校舎裏のさらに奥へと移動した。

鉄製の非常用口があり、その前はコンクリートで整備されていた。

扉の向こうに人気がないことを確認し、敦史は扉に背中を預けて立たされる。

詩織は背すじを伸ばしたまま、その場で膝をつく。

「ちょっとの間、じっとしててね」

かぼそい指で器用にベルトを緩め、準備をはじめた。

美女にかしずかれるのは贅沢な一方、解体されるようでもあり、少し緊張する。

ズボンを脱がされ、あっという間にパンツ一丁にされた。

「じゃ、下ろすわよ……ひゃん！」

パンツを脱がされるとき、ゴム紐に引っかかったため、アッパーでもするように勃起が飛び出し、詩織の顎をかすめた。数度上下に弾んだあと、鋭角にそそり立つ。

ふだんは冷静な彼女も目を見開き、驚きを隠せずにいた。

「ごめんなさい、いきなりだったから……触るのと見るのとは、全然違うのね」

ペニスはやや反り返り、興奮マックスにもかかわらず、まだ薄皮に包まれていた。

恥ずかしさのあまり両手で隠そうとしたが、それより先に詩織につかまれる。

繊細なガラス細工のような美しさを帯びた指が、淫靡に巻きついた。

「ゆっくり剝くから、我慢してね……」

詩織はおもむろに亀頭を口に含んだ。フェラチオかと思いきや、微妙に違う。顔をまったく動かさず、かわりに亀頭の先を集中的に舐めほぐす。くちゅっ、くちゅっと唾液の濡音がかすかにこもる。クレープを食べたときに見せた桜貝のようなきれいなピンク色の舌先が口内で蠢き、敦史の分身に触れた。

(ヤバい。これ、気持ちいいッ)

一気に流されそうになり、奥歯を必死に嚙んだ。包皮の隙間から亀頭肌や尿道口といった性感帯をピンポイントに責められ、腰が砕けてしまいそうだ。

「れろっ……くちゅっ……れろっ……」

微細な音が、美女の口から漏れる。校内には音楽や人の声が溢れているのに、その小さな音を聞き逃さなかった。意識はたったひとりの女性に独占された。

「先輩にこんなことしてもらえるなんて……感激です、ううっ」

肉棒をキュッと咥え、形よくふくらんだ唇には細かな縦皺が寄って歪んだ。
やさしく密封したまま、顔を寄せてゆっくり呑みこもうとする。
スローな動きながら、口内は違った。舌が激しく躍り、薄皮の狭間を的確に責める。
一瞬動きを止め、いくわよと告げるかのように上目遣いで見あげた。
美女に肉棒を咥えられるという絶景は痴的なうえ、オスの興奮を押しあげる。
彼女の右手が根もとに添えられ、親指と人さし指で押さえられた。
密着した唇が竿の表皮をズリ下げ、濡れた舌先が薄皮をほぐす。
密集地帯に唾液が染みこみ、内外からの圧力がかかる。
包皮が一気に剝け、裏スジが強張って甘美な痺れが響く。
「ううっ。先輩のお口でチ×ポ剝いてもらえるなんて、俺、幸せです！」
運よく、昨日のような無様な射精は避けられた。
連日の出来事で経験を積み、多少は慣れてきたのかもしれない。
カポッと少し気の抜けた音とともに、詩織は唇を緩め、顔をゆっくり引く。
美唇から唾液まみれの曲刀が抜かれ、戦闘準備を終えた亀頭が姿を見せた。
赤々とした肌を露出し、濡れたせいもあってか、いつもよりも淫猥に照り返す。
「俺も先輩のを舐めたいです。こっちにお尻を向けてもらえますか」

敦史の要求を聞き、ふだん毅然とした美女は、珍しく視線をさまよわせる。

「初エッチなのに、わがままなのね……恥ずかしいから、あんまり見ないでよ」

いやそうながらも、詩織は非常扉の前で背を向け、腰を突き出した。

スカートの中に手を入れ、黒いストッキングを足首まで下ろす。

長い足が素肌をさらした。白いふくらはぎは、磨き抜かれた象牙細工のようになめらかな曲線を描いてふくらみ、膝裏の窪みへと至る。

出番とばかりに敦史がスカートをまくりあげると、肉厚なふとももが姿を見せる。

(もうちょっと……もうちょっとで先輩のお尻が……黒!)

ショーツは黒一色で、しかもレースに飾られたものだった。

プリッと引きしまったヒップの底は、ごくわずかな面積の下着に隠されている。

(さすが詩織先輩だ。下着まで大人っぽい……)

詩織は両手でアダルトな下着をゆっくり下ろす。敦史が見蕩れているのを知ってか、ストリップショーのように、かすかに腰をくねらせた。

尻肉を隠していた薄布が剝がされると、その中からはゆで卵にも似た、ツルツルとした白い肌が姿を見せ、今まで以上に目を奪われる。

蠱惑的な曲線で作られた双臀が広がり、時間があれば心ゆくまで頰ずりしたかった。

「先輩、もうちょっと腰を突き出してください」

うしろからは見にくかったのでリクエストしたところ、黙って応じてくれた。

やや足を広げ、馬跳びの馬のようにグッと尻を掲げると、女の秘境が開帳される。

唇を縦にしたような形で、奥には若草のように軽やかな恥毛が楚々《そそ》と茂る。

猛った気持ちに急かされ、じっくり観察する余裕もなく問答無用で口をつけた。

やわらかい尻肉を頬や額で押しながら、思いっきり舌を伸ばす。

(ああ……これがオマ×コの味なんだ!)

長きにわたって憧れていた女の秘部は、実に不思議な存在だった。

舐めただけでは存在を疑うほど儚《はかな》くも、しっとり水気を帯びている。

滲んだエキスは、牡蠣《かき》のミルクスープのように濃厚だ。

感触も貝のようであり、味も香りも塩気があって、海を連想させる。

ただ、その中にほのかな甘みがひそんでいた。

ビチャビチャと響かせながら、女陰をほじり、深い味わいを堪能する。

「うっ、うぐっ……い、一生懸命舐めてくれてうれしいわ……くう、あああ」

敦史のクンニを受けながら、嬌声《きょうせい》をあげた。手で口を押さえているようだが、色っぽいあえぎが漏れている。ヒップがブルブルと震え、顔を押し返してきたので、両ふとももを腕でかかえ、鼻を臀裂に埋めた。肉の弾力を顔面で受ける。

「は、激しくて、感じちゃうわ……だ、ダメッ。ひとりじゃ、イヤ！」

力強く尻で押され、不覚にも尻餅をついてしまう。

ひょっとしたら、詩織も感情を制御できぬほどに昂っているのかもしれない。

当の詩織が振り返る。足首のストッキングを除けば、格好はいつもとそう変わらないものの、理知的な相貌はやや赤く染まり、切れ長の目は潤んでいた。

「ねえ……もういいわよね。あとは私がリードするから」

詩織は、尻餅をついた敦史の横に立った。

スカートの裾を少し持ちあげ、どこか優雅に敦史を跨いで腰を落とす。

ふたりの距離が縮まると尻下に手を伸ばし、敦史の分身を垂直に支える。

「すごい……オチ×チン、熱くて硬いわ。ちゃんと入るかしら。おっ、ううう……」

彼女が唸ると、その変化は敦史にも伝わった。

ふたりの秘部が触れ合い、深く結ばれようとする。

スカートの中での出来事なので残念ながら見えないが、敏感な男性器が隙間なく女肉に包まれたのは、ハッキリわかった。

（ああ……今、先輩とひとつになったんだ！）

詩織は眉間に皺を寄せ、苦しげな表情をしながらも、着実に腰を沈めた。

詩織が尻を落としたぶん、亀頭は肉路を裂き、男根が秘肉に包まれる。

むず痒さを煮つめたような峻烈《しゅんれつ》な性感が迸り、脳幹がブルルッとわななく。

「ううっ……先輩のオマ×コも、すごくいいです……ああ……」

極度の心地よさに身体は震え、涎がこぼれるのを抑えられない。

長年の憧れを果たした感動に浸る余裕はなく、欲望は逼迫《ひっぱく》し、さらなる快楽に焦がれた。心と身体をつなげ合う、彼女のすべてがほしくてならない。

いよいよ詩織が腰を落としきり、敦史の上でしゃがむ。

やわらかいヒップで馬乗りになり、体重がかかった。

一体感が増すのに合わせ、性感も高まるのか、詩織は前歯で下唇を噛む。

「お、オマ×コだなんて……ちょっと恥ずかしいわ」

そう言いながらも、膣肉はウネウネと蠢いて、敦史の分身を迎える。

「さっき先輩が言ったんですよ」

「んもう……そんなこと覚えなくていいのに」

「だって、ほかならぬ詩織先輩の言葉ですから、ちゃんとインプットしてます」

3

（やだ……今、イッちゃったかも……ちょっとだけ……）

自分に言い訳しなくてはならぬほど、女の身体は快楽に悶えていた。

久々に男性と交わり、長い間、澱《おり》のようにたまった肉欲が結合とともに解放される。

敦史の言葉遣いや肉交の感触が、以前つき合っていた男性を思い出させた。

（先生、お元気かしら……）

中学校の担任に一方的に惚れた。定年の近い、真面目な国語教師だ。

卒業後に偶然再会し、処女を捧げた。その後も関係は続き、詩織の肉体は徐々に女性として目覚めた。ただ所詮《しょせん》は不倫関係で、一年間保《も》たずに別れを切り出された。

最初からわかってはいたが、当然の結末に、心にぽっかりと空洞ができた。

（ひょっとして私、敦史クンを先生の代用品のように考えていないかしら……）

ふたりの成熟度はまるで違う一方、雰囲気は少し似ていた。

敦史の恋人になりたいと思ったものの、純粋な恋心か自分でも迷うことがある。

「キミのそういう言葉遣い、嫌いじゃないわ……んっ、んんっ……重くない？」

敦史は、初体験の感動を味わっているのか、眼下で至福の笑みを浮かべている。

彼に体重を預け、わずかに身体を揺らした。肉棒に膣を貫かれたまま、そこからヌチャッとかすかな濡れ音がこぼれる。恥骨を押しつけたり、腰を捻って角度を変えたりすると、微妙に感度が変わって新鮮味がとぎれない。

「重いわけないですよ。それどころか、お尻がグニグニ当たるのがいいですね」

「ひとこと多い気がするわ……んっ」

そう応えながらも、身体は肉悦を欲し、動きを止めなかった。

肉棒に刺されたまま、ゆっくりフラフープをするように腰をまわす。

三百六十度あらゆる方向から媚肉をえぐられ、そのたびに脳がピリピリと痺れた。

「あっ。作用点にかかる力が凄いわ。オチ×チンでグチャグチャにされちゃう」

若い血潮が実直に伸び、下腹を突き刺してきた。しかも、雁首は傘のように大きく開き、竿自体がやや曲がっているせいか、強く密着し、女陰をつかんで放さない。

それがまた心地よく、臀部を揺らして膣肉で擦り返す。

そして、その感覚を敦史と共有している。

「俺、チョー気持ちいいです。詩織先輩なら、もう思い残すことはないくらい幸せです。ほら、チ×コが壊れたみたいに硬くなってます」

グイッ、グイッと腰を突きあげられ、腰に乗った詩織も瞬間的に尻を浮かせた。

すると、その直後、肉棒が狭い肉路を問答無用で切り裂き、女陰の奥深くにまで埋もれる。肉柱に貫かれるたびに、粘膜質の性感帯を摩擦された。

「わかる……よくわかるわ。お腹の中がひっくり返ってしまいそうだもの……おっ……ダメよ、そんなペースをあげたら……あっ……うっ……大丈夫なの？」

次の瞬間、下から敦史が腰を振り、詩織を浮かせた。

バシン、バシンと甲高い音を響かせながら、尻と腰をぶつけ合う。

詩織の限界を試すかのように、ときおり肉棒は未踏の地まで押しよせる。

「任せてください……こうですか？」

そう問いながら媚肉を串刺しにした。リズミカルにしてパワフルな抽送によって、身体はロデオのように翻弄され、黒髪を振り乱す。長く力強いストロークを喰らううちに、女肉はだんだんと熱を高め、爆発までのカウントダウンが迫る。

「うう、ううっ、私……もう、ダメかも……」

首すじがチリチリと震えるのを感じながら、敦史のワイシャツを手綱がわりに握り、ジッとそのときを待つ。だが、先に音をあげたのは敦史だった。

「調子に乗りました。もう、我慢できません……ウォーッ」

ひときわ大きな唸り声とともに、ブリッジでもするように腰を浮かせ、そのままで震えた。詩織の中でペニスはドクンドクンと脈打ち、精液をまき散らす。子宮のあたりが煮沸されたかのように、急激に温度をあげる。

（ああ……今、イッてるのね……）

男の爆発を子宮で受け止め、なんとも言えぬ悦びに浸った。

ただの肉体的な快楽だけではなく、運命的なつながりに安堵する。

射精が終わり、少しは落ちついたのか、敦史は浮かせた腰を下ろす。

「すみません……先輩の助言も聞かずに、勝手に出しちゃって……」

身勝手は嫌いだが、すまなさそうにしてくれたのでまだ救われた。

自身も高揚していただけに、達せなかったのは残念でならない。

「はじめてだもの、仕方ないわ……」

以前の恋人との性交も淡泊だった。かつての情事を思い出しながら、こんなものだろうと自らを納得させ、深呼吸とともに欲情の炎を沈めようとした。

ゆっくり腰をあげようとしたその瞬間、体内でドクンと鼓動が力強く響く。

（今のはいったい……私の心臓ではない。ひょっとして……）

改めて下腹部に目を向けると、今まさにふたりがつながっている部分が脈打った。

男根は女陰に埋もれたまま、肉壁を押し広げ、いまだに熱を保っている。

「次は、悦んでもらえるようにがんばります」

「……男の人って、出したら終わりなんじゃないの」

「先輩に初体験させてもらって、一回戦敗退なんて男が廃《すた》ります。さ、行きますよ」

彼が不意に身体を起こしたので、きゃっと小さく悲鳴をあげてしまう。

しかも、予想外の再戦がはじまり、主導権を奪われていた。

「せっかくなんで、体位を変えましょう。抜きますよ」

立ちあがりながら結合をほどくと、下腹を貫いた曲刀が、白濁液をまき散らしながら弾け出た。ドロドロの粘液は、まさしく射精の証だ。その目的を達したというのに、生殖器はまだ役割を果たしていないとばかりに硬度を保ち、鋭角にそそり立っている。

(逞しいのね……)

卑猥なものにもかかわらず、目を逸らすことはできなかった。今から再び己を貫こうと欲望を剝き出しにされ、心臓を早鐘のように響かせて期待してしまう。

「今度は、立ちバックをお願いしてもいいですか」

敦史の指示を聞き、非常扉に手を当て、腰を屈めて構えた。

背後に彼が立ち、スカートをまくりあげる。

「詩織先輩のお尻は、キュッとしてモデルみたいだなあ」

感嘆の声とともに尻肉を両手で鷲づかみ、遠慮なく捏ねた。

同じ性感帯でも乳房や女陰よりも鈍いものの、やや乱暴に揉まれたり、尻の割れ目を広げられたりするうちに、ジリジリとした焦燥《しょうそう》が募る。

圧迫されたためか、陰唇から先ほどの残滓がドロリと流れた。

「出ちゃいましたね、俺のザーメン。出たぶん、補わないと」

（あっ……来た。敦史クンのオチ×チン……）

亀裂に硬いものが触れ、陰唇を上下に捏ねられた。

女の扉をコツコツとノックされ、くすぐったさに似た快さが湧く。

（もうすぐ……もうすぐなのね……）

期待に反し、いくら待てども勃起の先は入口を滑るだけのようだ。

「あれ……うまく入んないな……」

主導権を握ったように見えても、たった今童貞を卒業したばかりだ。簡単に女の扱いがうまくなるわけではない。股下に手を伸ばし、屹立の先端を姫口へと導く。

「少しずつリードできるようになってね……あ、ああ……」

ヌプッヌプッと低い濡音をくぐもらせ、敦史が侵入してきた。

陰唇を押し広げ、肉襞をかき分けて奥へ奥へと迫る。

濡れた肉路を軽快に滑り、背後から尻肉を押しつぶす。

「下から見あげる先輩も素敵でしたが……これ、スゴく締まる。オマ×コ全体で、チ×コをモグモグされて、先輩に食べられているみたいだ！」

二本足で立つだけで大臀筋を使うので、それが膣を狭隘《きょうあい》にしたのかもしれない。

「しかも、タオル生地みたいな繊毛が撫でてくるんで、腰が止まりません。こんなに気持ちよかったら、擦らずにはいられませんよ」

腰をグイグイと振りたて、荒々しいピストンをくり出した。

先ほどよりも激しく抽送しても、果てたばかりなのでまだ余裕があるのだろう。

刺突を重ねるたびに、亀頭は奥まで首を伸ばし、少しずつ未知の領域をこじ開ける。

「嘘でしょ……こんな奥まで……あ、ああん」

「ここですか、先輩が好きなの……けっこう難しいな。んっ、んんっ」

勢いに任せて快楽に夢中になっているのかと思ったが、敦史は様子をうかがっていた。ときに強弱を変え、ときに角度を変えて、詩織の性感帯を暴こうとする。

それ自体は悪くないと思うが、やられ放しでは年上の沽券《こけん》にかかわる。

「私のことはいいから、自分のことを考えて……ほら」

股下に手を伸ばし、指を立てた。

敦史に肉路を広げられると同時に、やわらかいものが指先をかすめる。

形のない不思議な感触だ。女性にはない器官なので、必然的に興味を駆られる。

「私は好きよ、あなたのタマタマ。かわいらしいんだもの」

律動に合わせて揺れる睾丸を、ときに指先で転がし、ときに爪先で弾く。

「あっ、ヤバい。先輩、エロすぎじゃないですか」

「あら、エロい先輩はお嫌い？」

「好きです……大好きです！」

膣中では、雁首が大きく広がって気張った。錨が海底に沈むかのように、亀頭はすでにほぐれた媚肉を押し広げ、女肉の奥深くに埋もれる。

「先輩、ここでしょ。ここが好きなんでしょ」

「うっ、ううっ……そ、そんなことないわ……くっ」

奥まったスイートスポットを連打され、重厚な痺れに襲われた。

口では強がったものの、支えにしていた非常扉に爪を立て、膝はガクガクと震える。

暴力的とも呼べる強い刺激に息苦しくなり、五感を失いそうだ。

「だって、オマ×コがこんなに……俺だって我慢できません！」

詩織の腰をグイッと引きよせ、獲物を逃さなかった。

それどころか、肉棒を深く刺しながら、上から覆いかぶさる。

息を荒らげたまま、鼻頭を首すじに押し当て、顔を擦りつけてうしろ髪を払った。

「ああ、いい香りだ。先輩の香りは清潔感があって好きだな」

「ダメッ。そんなところ……んん！」

ふだんは髪で隠れ、人目にさらしたこともなければ、誰かに触られたこともない。

荒い吐息とともに、うなじにキスをされた。ヌメヌメした舌が這うと、くすぐったさのあまりに総毛立つ。自分でも予想外の弱点をなすがままになぶられ、全身が蕩けてしまいそうだ。性感を司る女性器が連動し、もの欲しそうに蠕動《ぜんどう》する。

「おおっ。先輩がすごい締めてくるッ」

出し入れのペースを緩め、敦史は背後から密着し、肉棒を捻じこんだ。

勢いはなくとも奥に埋もれるぶん、重厚な圧力を受ける。やや反った肉槍には存在感があり、凹凸が嚙み合うようにしっかりと結ばれていた。男女の肉でつながっている事実を認識するだけで新たな高揚を催し、媚肉の奥が甘く痺れ出す。

「はあ、はあ……俺、そろそろ危ないかも」

激しく交わっているわけではないのに息が荒いのは、快感の強さを物語っている。

実際、詩織も今まで味わったことのないほどの肉悦に困惑している。

ただ、先輩としての意地は残っていた。

右手を扉に伸ばして身体を支え、左手で睾丸を愛で、彼を困らせる。

「睾丸がキュンキュンせつなそうにしているわよ」

「こんな状態でタマまで撫でられたら我慢できません」

「大丈夫よ。私ももう達しそうだから」

「本当ですか。もうイッていいですか」

「ええ。このまま……このまま抱きしめて」

敦史は左腕で詩織の腰を引きよせ、ペニスを限界まで深く突き刺した。その一方で、右手は非常扉に伸びた詩織の手の甲にかぶせ、指を互い違いに重ねて握る。

詩織を背後から抱きながら、首すじに鼻先を沈め、大きく息を吸う。

「先輩の香りが強くなってきた……でも、汗じゃない。これが先輩のフェロモンなのかな……そろそろ、本当にダメかも……」

(敦史クン、キミからもよい香りがしているのよ。ハンカチと同じ匂い。あなたの香りに包まれると、やがて染められて、私自身まで変われる気がするの……)

そう告げようとしたが、口にできなかった。腰が甘く蕩け出し、身体が崩れないように四肢に力をこめるので精いっぱいだ。それ以外唯一できたのは、最も深いところに出してもらうべく、ヒップを掲げることだけだった。

そして、敦史は詩織の指示を守り、背後から息苦しくなるほどきつく抱き、腰を密着させる。男根を限界まで突き刺して、肉路の奥の奥にたたずむ子宮を目指す。

「あ、あ、あ、あ、い、い、イキますよ……で、で、出る！」

(ああ……私もイク！　ねえ、いっしょに！)

右手に力を入れた。彼の手も力を増し、指と指が互い違いに重なった状態で強く握り合う。硬い男根が狭隘な肉路を押し広げると同時に、女の花園にエキスを注いだ。

新鮮な精液は熱く、臓腑《ぞうふ》は一滴残さず飲みこむかのように貪婪《どんらん》に蠢いた。

沸騰した体液に神経が焼け焦げ、気力は燃えつきた炭のごとく呆気なく崩れる。

同時に、快楽に焼かれた意識は、風に舞うかのように軽やかに昇りつめた。

(ほら、私たち身体の相性も抜群じゃない)

敦史に告げたつもりだったが、その声は小さすぎて校内の喧噪《けんそう》にかき消された。

強烈な満足感は圧倒的な疲労と引きかえに、もはや余力は残っていなかった。

膝を内側に寄せて小刻みに震えるなか、絶対放さぬとばかりに彼の手を強く握る。

脳裏にかつての恋人のことは、まったく思い浮かばなかった。

第五章　暗闇のロストバージン

1

（思いきって握っちゃおうかな……でも、それだと一方的かな……）
詩織と並んで廊下を歩いていると、ときおり互いの指先や手の甲が触れた。
文化祭は佳境となり、校舎には人が溢れ、必然的にふたりの距離も短くなる。
彼女はほのかに頬を赤くし、いやがるでもなく静かに歩みを進める。
（先輩も気づいているみたいだ。ひょっとして手を握るよう誘っているのかも）
恥ずかしげな表情のわけを悟り、いよいよ決意を促された。
詩織とはつい先ほど結ばれた。生涯忘れない最高の初経験だ。

しかし、今は恋人ではないこともあって、多くの手順を飛ばしている。手をつなぐのもそのひとつで、難易度は性交よりはるかに低いはずなのに、かえって度胸が必要な気がした。ひょっとしたら、彼女もそう思っているのかもしれない。

(ここは、男の俺が勇気を出さないと……でも、マズいな。手汗がひどい)

歩きながら手のひらをズボンで拭ったあと、指先を詩織に寄せた。その距離、数センチ。

「セ、ン、パ、イ！」

各教室のBGMや、呼びこみの声など、いろいろな音が混ざって騒然とするなか、威勢のよいハイトーンボイスが耳に飛びこんできた。同時に、背中から軽い衝撃を受け、腕が弾かれる。敦史のもくろみは無残にも潰《つい》えた。

「センパイはこれから取材ですか？」

二重瞼に縁取られた大きな瞳が魅力的で、切りそろえられた前髪は純情さを醸す。テレビで見かける彼女とは違い、ピンク色の太いフレームの眼鏡をかけている。

「ああ、恵麻ちゃんか……どうしたの？」

恵麻は敦史の歩調に合わせながら、ぷうと頬をふくらませる。そんな表情さえコケティッシュでかわいらしく思えてしまうのは、彼女の魅力のなせるわざなのだろう。

「その言い方、ちょっとつれないいんじゃないですか」

「ごめん、そういうつもりはなかったんだけど」

恵麻に言われると、自分の態度が悪かった気がしてしまう。

しかし、彼女の向こうにいる詩織は違った。

先ほどまでの秘めやかな表情はどこへやら、クールスマイルを全開にする。

「あなたほどのスーパースターが無防備に校内を歩いては、危険ではありませんか」

慇懃《いんぎん》無礼《ぶれい》な言葉は、さっさと去れと脳内で翻訳された。

「あら。副会長さんには用事がないの。センパイに用事があるの」

恐れ多くも詩織の言葉をガン無視し、敦史に顔を向ける。

「じゃ〜ん！　これ、なんだかわかりますか」

恵麻は小さな紙片を掲げた。敦史は目をこらし、紙片の文字を読む。

「三年八組……ホラーホスピタル……それ、人気のヤツじゃん！」

美術系クラスによるオバケ屋敷で、造形物の完成度の高さは群を抜いているらしい。

噂が噂を呼び、異例に注目され、人数限定もあってチケットはすでに完売だ。

職人気質なのか、新聞部の取材は断られ、敦史もその出来を確認できずにいた。

一方、詩織は眉をひそめる。

「江口さん、あなた、それをどこで手に入れたの」

人気のあまり、チケットが密かに売買されているという噂があり、真偽を確かめたいのだろう。売買といっても、だぶん購買部のパックジュースくらいだと思う。

「別に買ったわけじゃありませんよお。見てください、ここ」

裏書に発券者の名前があり、さらに受領者として恵麻の名前が書いてあった。

つまり、不当にやり取りしたものではなく、正当に手に入れたものだ。

ただ、これはこれで不満なのか、詩織はフンと鼻を鳴らす。

「どうせかわい子ぶって媚びたのでしょう。あなたのやりそうなことね」

ひどい断言だが、その姿も思い浮かぶ。しかし、恵麻も負けていない。

「生徒会副会長ともあろう人が、正当に手に入れたチケットが羨ましいんですか。センパイを誘いに来たんだけど、なんなら招待しましょうか」

見ていると詩織の相貌は白どころか蒼白くなり、苦虫を嚙みつぶしたような顔をしていた。気のせいか、脂汗が額を伝っている。

「い、行くわけないわ。そんな子供騙し。文化の欠片も感じないもの……あっ、そういえば、生徒会の打ち合わせがあったんだ。じゃ、敦史クン、またね」

不自然なほど慌ただしく撤退する姿を見て、敦史は首をかしげた。

当事者の恵麻は状況を理解しているらしく、フンと鼻を鳴らす。

「女子には大きく二タイプいるの。オバケ屋敷とかジェットコースターを楽しんで怖がる子と、心底怖がる子よ。副会長さんは後者ってわけ」

キミはどっちなんだいと口にしけたが、聞くだけ野暮というものだ。

「じゃあ、センパイ、エマといっしょに行ってください、オバケ屋敷」


「キャーッ。無理無理！　こんなの絶対無理だよお」

女子の絶叫が響いた。まだ教室の外で並んでいるだけだというのに、扉の向こうからは悲鳴がくり返される。怖がられるということは、それだけ期待できる。

「センパイ、怖くてチビッてませんか」

恵麻は敦史の腕を抱き、顔をのぞきこんだ。廊下の窓はしっかり目張りされ、光量が最小限に抑えられて薄暗い。そんな状況のせいか、彼女が恵麻だとはバレていないらしい。恵麻自身もそのことをわかっているのか、妙に密着してくる。

(怖くてチビる前に、勃起しちゃいそうだよ)

豊かに実った乳房が、二の腕にぷにぷにと当たった。

触りたい気持ちを押し殺し、さりげなく腕をほどき、自ら腕組みをして防御する。

たとえ相手がアイドルであろうと、今は彼女以上に気になる女性がいるのだ。

「このクラスはアンケートでも好評だから、期待しちゃうね」

「もっとビックリドッキリしてくれると思ったのに、これじゃあ誘ったかいがありませんよ。ひょっとして、オバケ屋敷とか怖いのは得意ですか」

「自分でもわかんないな。それより、トイレを済ませておこうか。もうすぐだよ」

「それじゃあ、ササッと行きましょう。センパイからどうぞ」

交代して用を足すと、ちょうど順番となった。受付係にチケットを渡し、教室の中へ入る。玄関ほどの狭いスペースで、背後の扉は音もなく閉じられた。

——ようこそホラーホスピタルへ。みなさんの幸運を。ケケケッ……。

おどろおどろしい低声ではじまり、甲高い嘲笑で終わった。

いきなりこんなことを言われれば、さすがに驚く。

隣の恵麻は表情こそ暗くてわからないが、声には余裕がある。

「いいじゃない。なりきりって大事よね。照れが見えると、見ているこっちがしらけちゃうもの。録音なんだから、それくらい当たり前だけど」

「さすがエンタメのプロ。おっしゃることが手厳しい。じゃ、行きますか」

進行方向を示す矢印の看板があり、その先は暗幕で塞がれている。

暗幕に指をかけた瞬間、どこからかギャーッと金切り声が響き、身体がすくんだ。

「今のは先行組だな。叫び声を聞くと、こっちが驚くから、やめてほしいよね」

言い訳がましくつぶやいて横を見ると、恵麻は目を見開き、敦史の腕にしがみつく。

「これは怖いからじゃありませんよ。センパイを誘惑するためです」

二の腕に乳房をギュッと押しつけられた。

あどけない顔に不釣合な巨乳にやわらかく包まれ、いやでもオスの血がザワつく。

振りほどこうかと思ったものの、デートっぽい雰囲気も悪くなく、そのままにする。

「じゃあ、覚悟はいいね。せーの！」

暗幕をめくると、中は暗闇だった。留まるわけにもいかず、一歩踏みこむ。

同時に、白い光が瞬き、耳をつんざくほどの雷鳴が轟いた。

さらには、顔の横を冷たいものに撫でられる。

「ギャーッ！」

不覚にも絶叫していた。たぶん、恵麻も。

一瞬遅れて薄明かりが灯る。四方を壁に阻まれ、玄関よりも少し広いくらい。

壁に絵が描かれている。夕闇の暴風雨に男女が追われている絵だ。

男女の先には、廃屋のような古い病院が描かれている。

つまり、参加者が病院で雨宿りしようとしたという状況を説明しているのだろう。

改めて入口を振り返ると、センサーと霧吹きがしかけられていた。

タネがわかればなんともないが、不意打ちで喰えば誰だって驚くというものだ。

そして、正面には両開きの扉がある。この先が病院の中らしい。

「せ、センパイ……だ、大丈夫ですかね、これ……」

恵麻が歯をカチカチと鳴らしながら、扉を指さした。

「暗闇からのしかけに驚かされたけど、構えていればきっと問題ない」

余裕をかましてみたものの、実際に口から出たときには歯が鳴った。

とはいえ、先輩男子としてのプライドを守るべく、自らドアノブを引く。

蝶番《ちょうつがい》が、ギィィィと不気味な悲鳴をあげる。

「また真っ暗だ。ゆっくり進めば大丈夫だよ。絶対にしかけがある。注意して」

一歩二歩と足を踏み出し、奥へ向かった。入口から射しこむわずかな明かりを頼りに、平均台の上でも歩くように慎重に歩くと、突如、ヌメヌメしたものが額に貼りついた。不快感が肌を走り、毛という毛が逆立つ。

来るとわかっていても悲鳴を抑えられず、大声で叫んでいた。

顔に付着したものを反射的に毟《むし》り取ると、手の中で独特の感触のものが蠢く。

ただ、よく見ると、天井からいくつも同じものが吊されていた。

しかも、まったく未知のものという感じはしない。

「なんだ、これ……スライムか……いや違う。コンニャクだ」

「あはは。センパイったら、ずいぶん古典的な手口に引っかかりましたね」

「恵麻ちゃんだって、悲鳴をあげたくせに……ほら、今度はこっちみたいだ」

リードすべきでありながら驚いてしまった手前、反撃できず、先を促した。

コンニャクをポケットに入れる。あとで担当者に謝ろう。

2

教室が九つの空間に区切られ、その小部屋が病室に模されていた。

各部屋にはしかけがあり、参加者を脅かす。

背景画や小道具は作りこまれ、暗闇の中から恐怖心を煽っていた。

教室のあちこちから悲鳴が響いているので、驚かされたのは敦史たちだけではない。

「せ、センパイ……ど、どうしましょう……」

オバケ屋敷に入るまでは強気だった恵麻も、今やすっかり怯えていた。

足下のおぼつかない薄暗闇のなか、敦史にしがみついている。

「やれやれ、これは困ったな……」

(身体を離しても、恋人みたいに密着するんだよな)

怖がる恵麻が、なかなか腕を放してくれない。

豊かな乳房はもちろん、やわらかい二の腕、短いスカートから伸びる足、かわいらしい口から吐かれた甘い息と、肉体的魅力を至近距離で訴えている。

当然のように陰茎が硬化するのだが、オバケ屋敷の中ではすぐに萎《しお》れる。

勃起時に先走り液が漏れるのか、それをくり返すうちに下着が湿っていた。

(そして、この中にしかけがあるってわかってることだ)

目の前に、高さ一メートルほどの梯子《はしご》があり、その先は横穴になっていた。

今は教室の真ん中の小部屋にいる。ここが最後のはずだ。

物語的にもクライマックスにあたり、燃えさかる病院から地下通路を伝って脱出しようとしているところで、この横穴から外に逃げるイメージなのだろう。

「じゃあ、ここは俺が先に行くよ」

敦史は梯子に手をかけた。唯一のルートが横穴で、しかけがあるのは明らかだ。

たとえ醜態をさらすとわかっていても、ここは男子が先行すべきだ。

「はい、お願いします……いや、やっぱりエマに行かせてください。だって、こんな狭いトンネルで、うしろからゾンビとかに襲われるよりはマシですから」

オバケ屋敷と認識していても、背後から追われるのは確かに怖い。

当人がそう言うなら、任せるのがよいだろう。

恵麻は梯子を両手で押さえ、片足をかける。

「うしろから脅かすのはゼッタイにナシですよ！」

「そんなことしないって」

そう返事をしながらも、目は彼女の足から離れなかった。

短い裾が軽やかに揺れ、内股の付根近くまで視線が通る。

スカートの内側がノーガードでさらされているものの、残念ながら暗闇だ。

「ああん。なに、これ……イヤだあ……」

横穴に入るなり、恵麻が不快感を口にした。それを聞きながら、敦史も続く。

トンネルは狭く、今まで以上に暗い。出入口からの仄かな明かりで、この中がピンク色になっているのがわかった。そこを四つん這いで進む。

スライムに似たヌメヌメしたものが壁に貼りつき、それを手のひらや膝で押すとトマトでも踏むかのようないやな感じがした。そのうえ滑りやすく、妙に身体が力む。

「確かに、これはイヤだな」

不快感満載のトンネルを赤子のようにハイハイするのは、新生児が産道を通るようでもあったが、神聖なものを冒瀆《ぼうとく》するかのような嫌悪感を伴う。

「センパイ、先が見えてきました。もうちょっとです！」

手足の不快感に気を取られていたので、顔をあげ、前方を目視しようとした。

その瞬間、顔面がヌメヌメしたものに覆われた。

「ギャーッ。なんだ！　またコンニャクか！」

不覚にもまた大声で叫ぶと、恐怖が連鎖したのか、恵麻の金切り声が続く。

「ギャーッ。ちょっと、やめてください、センパイ……えっ、あっ」

パニックぎみの恵麻が暴れ出すと、足下が揺れ、周囲が軋んだ。

敦史がヤバいと思った次の瞬間には、世界は暗転する。

（恵麻ッ！）

足場もないなか、腕を伸ばし、彼女の身体を引きよせた。

重力には逆らえず、背中と後頭部をしたたかに打つ。

「ううっ……痛え……あれ、まだ貼りついてるのかよ……」

呻きながら、視界を塞ぐコンニャクを払おうとした。

しかし払おうにも、想像よりもはるかに巨大なものに塞がれていた。

「ひゃん。センパイぃ……それ、エマのお尻です」

(お尻……どういうことだろう？)

顔面への重圧が緩み、瞼を開けられるようになる。

どうやら、恵麻が顔に乗っていたようだ。

「ひょっとして、俺の顔を塞いでいたのは……」

「……センパイのエッチ」

恵麻は頬を染め、はにかんだ。

「いやいや、俺を揶揄する以前にそっちがおかしいよ。だってノーパ──んぷっ」

「シーッ。静かに！」

敦史の口を手で塞ぎ、声をひそめるように示唆した。

もちろん、我が校のアイドルがノーパンだなんて話を広めるつもりはない。

ただ、敦史が声のトーンを落としても、疑問は解決しない。

「でも、なんだってそんな？」

「暗闇でノーパンってコーフンしませんか……なんていうのは半分冗談ですが、ゼッタイにナイショですよ。本当はちょっと漏れちゃって……外で待っているとき、中から悲鳴が聞こえたじゃないですか。センパイがトイレに行って、ひとりきりのとき、ビックリしてちょっぴり……それで、臭わないようにトイレで脱いだんです」

なにを漏らしたかは、さすがに聞かずとも推測できた。

強気な態度でまったく疑わなかったが、そうとうやせ我慢していたようだ。

「怖いのがいやなら、オバケ屋敷なんて来なければよかったのに」

「だって、してみたかったんだもん……センパイと文化祭デート……」

聞いているこちらもうれしくも気恥ずかしく、聞かなかったことにした。

「それにしても、ここはどこだろう」

上半身を起こしてあたりを見まわすと薄暗く、恵麻の顔もはっきりとは見えない。段ボールや道具類が置いてあるので、セットの裏側のようだ。

頭上にトンネル状の通路があり、そこを後続グループが叫びながら通過している。

一方の敦史と恵麻は、トンネルの中で暴れたことで、隙間から落下したのだろう。

「完全にコースアウトだ。これはこれで脱出ルートを探そう。それに、スタッフにトンネルのどこかに穴があることを伝えないと」

足に力を入れて立ちあがろうとしたものの、腕に重みを感じて立ちあがれない。

「センパイ、ちょっとここで休みましょうよ」

恵麻が、ワイシャツの袖をつかんで放さない。

「ひょっとしてケガとかしてる？」

「センパイのおかげで大丈夫です。ところで、新城先輩とエッチしましたか」

唐突に、しかも遠慮なく斬りこまれ、動揺のあまりに身体が固まった。

恵麻は、ふうとひとつ溜め息をつく。

「気づいちゃうんですよね、そういうのって。隠せば隠そうとするほど滲み出ちゃうんです。それにしてもセンパイ、ヤリ手ですね、あの新城先輩とエッチするなんて」

彼女の言葉は正式な恋人ではないふたりを非難しているようで、胸が痛んだ。

さらに言うなら、詩織とは恋敵《こいがたき》であり、ライバルに大きく後れを取ったのだ。

恵麻としては最悪の気分だろう。

「……すまない。ただ、恵麻ちゃんとは、その……ちょっとよい感じなこともあったけど、結ばれたわけではないから許してほしい。だから――」

その先をためらった。自分なりの言葉を探していると、恵麻が割りこむ。

「だから、俺のことを忘れてほしい、ですか。そんなの昭和の演歌ですよ。今いつだと思ってるんです。それに、ヤラれっぱなしは、性に合わないんです」

「でも、だからといって、いったいどうしろって……」

恵麻は右手で敦史の袖を引きながら、左手の人さし指を自らの下唇に当てた。切りそろえた前髪の向こうから、やや上目遣いでこちらの顔色をうかがう。

「エマもしたいなあ、センパイとエッチ」

かわいらしい大きな瞳はあだっぽく潤み、指先の唇はプリッと小気味よくふくらんでいた。しかも足を崩して座っていたので、短いスカートの裾から適度に肉感的なふとももが伸び、いやでもその中を意識させられる。

(あの影の先は……ノーパン……)

チェック柄のスカート一枚に視線を遮られ、ふとももの狭間の暗闇に視線を引きよせられた。見た目こそふだんと変わらぬ美少女だが、大胆な大人の色気に溢れ、それが敦史ひとりに向けられている。

恵麻は正面から敦史に抱きつき、耳もとで囁く。

「後夜祭のあと、カップルになったらできること、今しましょうよ」

吐息が耳たぶにかかった。全身の肌が粟立ち、快美な囁きに脳幹が蕩けそうだ。

しかも相手は、妹にしたいアイドルとして上位にランクインする美貌だ。

たとえ色じかけとわかっていても、抗う気力は呆気なく奪われていた。

(許してくれ、こんなの抵抗できるわけないよ)

脳裏に浮かんだ人影に言い訳しながら、幼さを感じさせるまるい膝小僧に手のひらをかぶせた。その瞬間、恵麻がピクッと反応し、口の端をやわらかくたわめる。

「センパイはヘタレだから、エマに手を出せないんじゃないかって心配でした」

「オバケ屋敷に並んでいるだけで漏らしちゃうビビリには、言われたくないね」

「んもう。そういうデリカシーのない人は嫌われ――アン！」

敦史がふとももを撫でたところ、かわいらしくあえぐ。

「敏感なんだね。どれ、粗相の始末ができているかチェックしないと」

ゆっくり手を動かし、極上の肉感を堪能した。赤子の肌のようにツルツルとすべり、そのうえ、押せばやわらかく反発する。遡るにつれ、徐々にふくらんで弾力が増す。

（この足を思ってオナニーするヤツが何人もいるのに、それを独占してるんだ！）

このうえない優越感とともに、手は自然と内股や裏側にまで伸びた。

どこもかしこも心地よく、触るたびに恵麻はピクピクと身体を震わせる。

「ンッ……アンッ……センパイったら、ホント、エッチなんだから……ンッ」

恵麻は、自ら口に手を当てて声を堪えた。もう片方の手で切りそろえられた前髪をかきあげる。狭い額では眉間に皺を寄せ、悩ましい表情をしていた。

大きな瞳は好奇心旺盛なのか、じっと敦史の手の行方を見つめている。

「アッ……センパイの指が……」

あどけなさの残る双眸にはあだっぽさが見え隠れし、さらなる冒険を望んでいた。それは敦史も同じで、胸を熱くして女体の神秘を探る。

「ほら、行くよ。もうすぐ、オマ×コだ」

中指を伸ばして、さらに奥に手を忍ばせた。恵麻も少し足を広げて応じる。

指先の力を抜いて、敏感なところに着地した。微細にふくらんだ山脈は耳たぶよりもやわらかく、目的地に到達したことは彼女が教えてくれた。

「アンッ……ちょっと怖いから……指は入れないで……」

(ひょっとして、恵麻ちゃんって……バージンなのか!)

男女関係に慣れた雰囲気があるせいか、敦史が教わる気だったが、どうやらそうはいかない。ならば、十分につくし、感じてもらうのが男としての役割だろう。

「わかった。できる限り、やさしくするよ」

腰を曲げ、地べたに這うように頭を下げた。

それに合わせ、恵麻はスカートをまくり、グラビアより大胆に股を広げる。

薄暗くてハッキリ見えないのは心底残念だが、自分だけに見せる卑猥なポーズに興奮は募るばかりだ。股座の奥から漂う芳醇な香りにいざなわれ、顔を寄せた。

「本当にノーパンなんだ。恵麻ちゃんってけっこうエッチだよね」

「ちょっと漏れたんだから、仕方ないじゃないですか。センパイのほうこそ、ドMかと思いきや、ときどきドSみたいにイジメま――ンッ」

言葉の途中だったが、女陰を弄って遮った。凹凸の少ない陰裂を上下に撫でる。

可憐な肉脈は指だけでは認識しがたいほどに控えめにふくらみ、わずかな湿り気だけがその証だった。指先の力を限界まで抜き、山脈の表面をそっとくすぐる。

「パイパンで、しかもヌルヌルだ。エッチなお汁が漏れてるよ」

「それは、アッ、アアン、センパイが濡れさせたからです。女はレイプされたときだって自己防衛でこうなっちゃうですよ。センパイ相手なら当然です。アアッ」

陰唇をやさしく捏ねながら、その上端でわずかに盛りあがったところに舌を這わせた。暗がりで見えないが、クリトリスだろう。極小の宝珠を舐めると、腰を跳ねあげる。余裕がなくなってきたのか、両手で鼻と口を覆いながら声を震わせる。

「アアア……おかしくなっちゃいそう……」

「ピチャッ……ピチャッ……すごいね、グショグショになってきた」

小さな亀裂からは、淫蜜が渓流の石清水のように滾々《こんこん》と湧いていた。

淫らな香りに誘われて、舌ですくって飲みこむ。

純度百パーセントの天然エキスは、レモン水にも似た爽やかな酸味があった。胃の中に消えると、腹の奥深くに眠るオスの本能めいたものが覚醒する。舌で舐めるのでは足らず、ダイレクトに口をつけて、禁断の果実を啜り出す。

「ジュルルッ……うまいよ、恵麻ちゃんのマン汁……ジュルッ」

クンニをもっとねだるかのように、腰を浮かせてくねらせた。

「ダメッ、そんなに吸ったらダメッ。ヘンになっちゃう！」

敦史の唇と恵麻の陰唇が密着し、互いの唇を独占する。

陰核は先ほどよりも硬くとがり、愛液は桃ジュースのようにとろみを増している。

(これはひょっとして……イキそうなんじゃないのか)

オスの本能に衝き動かされ、メスを追いこもうとした。

最も敏感なクリはボールペンの先端のように半剝き出しで、そこを舐め転がす。

さらには、右手はブラウスごと乳房を鷲づかみ、左手は陰裂の奥に忍ばせる。

「あっ、イヤッ……お、お尻の穴には触らないで……は、恥ずかしい……アア」

いやだと明確に主張したが、敦史の手は払われなかった。むしろ悦んでいるようにも聞こえたので、さらに責めたてる。愛液で指先を湿らせ、美少女の肛門を撫でた。

窪んだ肉穴を押し、放射状の皺を爪先で軽くかく。

「ヒドい、イヤだっていったのに。やっぱりドSですね……こんなことされたら、アッ、アアン……ちょっとくすぐったくて、クセになりそう……ハアン！」

恵麻は息を切らせ、限界が迫っている雰囲気を醸した。

陰唇は芳しい蜜液にしとどに濡れ、股座を絶えずモジモジとくねらせる。

（よし、もう一歩だ！）

気合を入れなおし、舌先を必死に動かして獲物を追いつめようとした。

「ダメ！」

明確な拒絶の声とともに額が押され、顔を引き剝がされる。

恵麻の唇から唾液が糸を引いて落ち、ハアハアと荒い息をくり返す。

「センパイもいっしょじゃないとイヤ。ほら、脱いで」

彼女が身体を起こし、敦史が座らされた。どうやら、選手交代らしい。

手早くズボンとパンツを脱ぐと、勃起がピョコンと跳ねた。

「キャッ。ヤダ、これ。気持ち悪い！」

頭上から女子の悲鳴が聞こえ、ふたりは息をひそめた。

トンネルを通過するのを待ち、恵麻は床に膝をついて敦史の股間に顔を寄せる。

「大人のオチ×チンって、不思議な形をしてるんですね」

先ほど恵麻が気を取られた隙に、男の矜持を保つべく、包皮は剝いておいた。

知られているはずなのに、彼女は気にしていないようで、大きな瞳が好奇に輝く。

「すん、すん……スゴい匂い。これがセンパイの匂いなんだ……すん、すん」

小さく鼻を鳴らして息を吸った。裏スジが吐息にくすぐられ、ビクンと引き攣《つ》る。

「もういいかな。あんまり遊ばれたらせつないよ」

「しょうがないなあ。じゃあ、ちょっとかわいがってあげますね。はむっ」

おもむろに肉塊を口に含んだ。小さく形の整った唇をギュッと窄《すぼ》め、張り出した雁首を密封する。さらに、狭い口内では舌が迎えてくれ、螺旋《らせん》状に亀頭を舐めていた。

先端が美少女の唾に濡れ、そこからほのかな熱が伝わる。

「ああ……ゾクゾクするよ……うう……」

魂でも抜かれたかのように、うっとりと溜め息が漏れていた。

恵麻はこぼれた横髪を耳にかけ、クリクリした愛らしい瞳で見あげる。

「ちゅぷ……ペロペロされて、またオチ×チンが大きくなった……ぴちゃっ……」

彼女の言うとおり、肉棒は血気に満ち、パンパンにふくらんでいる。

(そりゃそうだよな。アイドルが俺のチ×ポをしゃぶってるんだもの!)

誰もが認める美少女にフェラチオされて、興奮しないわけがない。

あどけなさの残る少女が、自分の陰茎に一生懸命にキスをしてくれれば、見ているだけでも十分にそそる。そして、その快楽たるや、男の肉体に強烈に訴えた。

「じゅ、じゅっ……じゅるるっ」

オバケ屋敷の悲鳴が響くなか、煽情的な吸引音が漏れた。

敦史の股座では、恵麻がポニーテールを揺らして頭を上下させる。

可憐な唇をキュッと窄め、極上のオーラルサービスをふるまう。

「うっ、ううっ。かわいい子にフェラされるのって、男の幸せだよ」

思わずうっとりとそう漏らしてしまうと、彼女は上目遣いにかすかに笑う。

「あら、こんなもんで悦んでいいんですか。もっと夢中にさせちゃいますよ」

恵麻がそんな視線を送ってきた直後、首ふりのギアをあげた。

「じゅるる……じゅぼっ……んっ……じゅるるっ……」

「おっ、おおっ……口が小さいのかな、すごく密着してくる」

ギュッと唇が締まり、首のスライドに合わせて、輪っかが勃起をせわしなくしごきたてた。ヌルヌルした口腔に肉棒が押し揉まれ、しかも舌が竿下に添えられて裏スジを濡れ舌で容赦なく擦りたてる。

密封された口腔内で吸引され、さらなる圧迫感が性感となって襲いかかった。

（まさか、これってバキュームフェラ！）

歌手として鍛えられた肺活量で性器が吸われると、亀頭の先がむず痒く痺れ、そのまま精液まで絞り出されてしまいそうだ。

「じゅぽっ……じゅぽっ……じゅるる……じゅぽっ……じゅぽっ……」

唾液まみれの肉棒の上を、小さな唇が上へ下へとせわしなく往復した。窄められた紅唇がたまにめくれる。恵麻は頭をリズミカルに振り、フェラ奉仕に没頭している。

（ヤバい……このままじゃ……）

睾丸が引き攣り、陰茎は快美な痺れに包まれた。下腹から蕩けてしまいそうな至福の予感を覚え、絶頂へのカウントダウンがはじまろうとする。

「ちょっと待って、出ちゃうよ！」

もったいなくて恵麻を制すると、彼女は唇の力を緩め、ゆっくり顔をあげた。

深々と飲みこまれた男根が、パールピンクの唇から徐々に姿を見せる。

わずかにカーブした肉竿は、細かに泡だったシロップにまみれ、そして亀頭を解放すると、唇の先でチュッと接吻された。

気が緩んだところで不意打ちを受け、反射的に奥歯を嚙んで暴発を堪える。

「うぐっ……マジで危なかったよ。しかも、最後にキスなんて」

「そういえばまだでしたね、キス。でも、最初はもっとロマンチックなのがイイな」

「キスしないまま、エッチするのはヘンじゃない？」

「気分次第です。キスはロマンチックな気分が必要で、エッチにはエキサイティングな気分が必要なんですよ。まして、ファーストキスがこんな場所なのはイヤ」

オバケ屋敷はムードには欠けるが、淫らな気分は高めるということだろうか。

「じゃあ、行くよ」

恵麻を仰向けに寝させ、両足を広げてもらう。

そのスペースに膝立ちで入り、スカートをまくりあげると、無毛の丘が広がっている。

そして、肝腎の股座は影になり、目をこらしてもはっきりとは見えない。

(俺ひとりで、大丈夫かな)

経験の浅さが不安を招いたが、欲望に急かされた。急角度で見あげる屹立を握り、無理やり下に向ける。勃起も緊張するかのように、ドクンと脈打つ。

恵麻の両腿中央の翳《かげ》りに、わずかに照り輝くところがあった。

磁力で吸いよせられるように自然に先端を当て、腰を押し出す。

「ンンッ……アァ……」

亀頭と陰唇が触れると、彼女は小さくあえいだ。

だが、挿入を試みても、先端がツルツルと滑り、狙いをはずしてしまう。

（あれ……ダメだ……ヤバいな……）

互いの性器が濡れすぎていることもあってか、目標を捉えられない。

「ンッ……またはずれた……意外と難しいんですね。これならどうですか」

恵麻は自らの膝裏をかかえ、股間を大きく広げた。股間を全開にしたおねだりポーズは、先ほどより角度が浅く、薄暗いとはいえまだ目視しやすい。

「助かる。さっきよりよくわかるよ」

わずかなふくらみの中央に亀裂が走り、陰唇も小ぶりであどけなさを感じさせた。姿形は幼くも、女陰はしっかり湿り、発情の匂いを漂わせる。

勃起が引き攣り、挿入をねだった。この状況では、相棒の要求には逆らえない。

屹立の先端を陰裂にあてがい、上下に捏ねる。クチュッと湿り気を含む音がわずかに漏れ、可憐な花びらと密に触れ合う。小さな窪みにはまった感じする。

（さっきはひとりで入れようとしてたからダメだったんだ。でも、これなら……）

改めて、互いの気持ちと協力があって、はじめてつながれるのだと悟った。

「ねえ、センパイ……まだですか……」

恵麻に促されて、亀頭を女陰に当てたまま、腰をゆっくり押し出した。

身体が小さいと膣まで小ぶりなのか、先端に圧力がかかり、ミシミシと軋む。

「恵麻ちゃん、大丈夫？」

小さな身体の小さな器官で男の体重の一部を受けようとしているので、かなりの重圧があるのではないかと心配になった。

案の定、細い眉を歪ませ、眉間に皺を寄せている。片方だけ薄目を開いて見返す。

「大丈夫なわけないじゃないですか。でも、センパイだけなんですよ。エマのバージンを奪えるのは……」

勇気をもらった直後、行きづまっていた肉棒は、両扉を蹴り開けるように威勢よく奥へ滑った。恵麻が呻く間にも、止まることなく突入する。

未踏の肉路を己の肉槍でこじ開けるのは、肉体的な快感とは異なる爽快感を伴う。

(俺が恵麻ちゃんの処女を！)

男をはじめて受け入れた膣は締まりがよく、気を緩めれば押し返されそうだ。

抵抗に反発して男根をねじこむと、濡れた媚肉と亀頭が擦れ、むず痒さが強まる。

これ以上は危険だと察し、腰が止まった。

「ヤバい。これはちょっとヤバいかも」

そもそも挿入前の段階で、いつ暴発してもおかしくないほどに高まっていた。

ほぼビギナーの敦史にとって、処女肉は難敵だったようだ。

恵麻は両手で顔を覆いながら、頬を赤く染めてはにかむ。

「センパイぃ……エマ、エッチな子だったみたいです……バージンなのにセンパイとつながっただけで、もうイッちゃいそうです……」

「実は俺もダメになりそうで……」

「そうなんですか。エマもヘタレですが、センパイもそうとうですね……いいですよ。このままイッてください。エマの処女肉にエッチなお汁を注いでください」

肉棒の残りを押しこんだ。数センチにも満たない距離を掘り進み、彼女の最深部へと向かう。その瞬間、肉壁が四方八方から押しよせて、男根をしっかりロックした。奥へ吸いこむように媚肉が蠢動《しゅんどう》し、オスの吐精を促す。

「ごめん。これ以上、耐えられない！」

限界を認め、恵麻に覆いかぶさった。同時に、甘い痺れがもう戻れないほどに広がる。ペニスをストローにしてザーメンを吸われるかのような、強烈な射精を強いられた。心まで吸われているのではないかと思うほどに、ただただ欲望を解き放つ。

「ア、アアン……センパイの、熱い。エマも、もう……ンッ」

彼女は、陸に揚げられた魚のように、ビクビクと下半身を震わせた。

そのたびに男性器は奥へ吸引され、敦史も理性を全解放して子種を放出する。

「あ、あう……恵麻ちゃんのオマ×コ、すげえ……」

ほんのわずかな部分でつながっているだけなのに、ふたりの精神までがドロリと溶け、ひとつに混ざり合った。

3

「センパイがエマの中に……」

敦史が果てると同時に、腹の底が焼けただれるのではないかと思うほど熱くなった。

処女を失ったばかりの膣肉は擦過の疼きに加え、彼の熱量が体内に注がれ、それがじわりと広がってゆく。

(これがセックスなのね。お互いの細胞を共有しているみたい……)

胸の高鳴りはなかなか鎮まらず、体内の男性器も強く脈動して絶頂の名残を示す。

この瞬間、ふたつの肉体は同じ鼓動を刻み、シンクロしているのを確信した。

(ワタシがセンパイで、センパイがワタシ……ヘンだけど悪くないわね)

自分と彼が混ざり合う感覚は、暖かな春の日差しにも似た穏やかなものだった。

膣に放たれた精液は恵麻の中で広がるにつれ、その熱量を徐々に失う。

敦史は射精の間、目を閉じてジッとしていたが、やがて瞼を開く。

「チョー気持ちよかった」

「エマのバージンをフッーとか言ったら、いくらセンパイだって張り倒しますよ」

「一生の誇りにするよ。ただ、中に出しちゃったのは軽率だったかな」

「そういう心配は先にするものです。コトがコトなら責任取ってもらいますから」

「あっ、う、うん、も、もちろん、と、当然だ」

「ビビらないでください、ちょっと脅しただけです。たぶん、大丈夫ですよ」

話が伝わったのか、敦史は首を縦に振った。おそらく恵麻とのセックスに満足してくれているのだろう。だが、これでは足りない気がした。敵は、女の自分が嫉妬する新城詩織だ。彼女相手に勝利するのは、並大抵のことではない。

「……センパイは新城先輩ともエッチしたんですよね。何回出したんですか」

「そんなの言えないよ」

「教えてくれたら、もっとイイことしてあげますよ」

尻穴を締める要領で下腹に力を入れた。筋肉がキュッと窄まると同時に、敦史がウッと呻り、いまだにつながっている男根から残滓を滲ませる。

彼の手は曖昧な形をしていたが、恵麻に人さし指を立てて返す。つまり一回だ。

「声にしないのは新城先輩への義理立て……そういうのはキライじゃないですけど」

上から覆いかぶさっている彼の背中を抱きよせた。

互いの顎を肩に重ねて密着しながら、彼の耳たぶの奥にそっと囁く。

「エマだけを愛してほしいんだけどなあ」

恵麻の身体の上で、彼はむずがってウウッと呻きながら、小刻みに震えた。

射精の回数が優劣を決めるとは思えないが、詩織との記憶を上書きし、自分を選ばせなくてはならない。それも残り時間、あとわずか。

「新城先輩よりも、もっと気持ちよくしてあげます……よっと」

敦史を抱いたまま、かけ声とともに側面に半回転し、上下を入れかえた。

「うわっ。ちょ、ちょっと！」

「シッ。声をひそめて！」

彼に馬乗りになり、小声で注意すると、彼も理解しているのかうなずく。

「ゴメン……でも俺、恵麻ちゃんのことも好きだけど、その……どうして俺が好かれるのかさっぱり……学年だって違うし、会ったこともないし」

「スゴく失礼。もってどういうことですか。エッチしながら言うセリフじゃありませんよ。それに、そんな理由、言えるわけないじゃないですか！」

「その……いろいろゴメン……」

彼はすまなそうに謝ったが、実際のところ、恵麻はそのきっかけを覚えている。

「じゃあ、問題です。センパイとエマが最初に会ったのはいつでしょうか」

「遠くで見たことは何度かあるけど、おとといの昼休みじゃないの？」

「質問返しはダメです。罰として、もう一度がんばってもらいます……ンッ」

騎乗位のまま、恵麻はゆっくり尻を前後に動かした。

（好きな理由なんて言えるわけないわ、恥ずかしい……）

敦史はたぶん気づいていない。できれば、思い出さないでほしい。

春のマラソン大会でのこと。コースは校外の約十キロで、順位は成績には関係ない。

恵麻は途中でショートカットしようとした。学生と芸能人という二重生活がハードなため、特例で授業の欠席や途中退席を許されている。

それと同じ感覚で、少しばかり楽をしようとした。

ところが、ショートカットの直前、うしろから追い越された男子に注意された。

腹が立ち、彼を抜いてゴールした。トレーニングは欠かさないので、体力はある。

その男子こそが敦史だった。彼は、相手が恵麻とは認識していなかったのだろう。

(ドラマチックともロマンチックともいえない出会いだったのよね)

その後、半ば八つ当たりの怒りが彼に向けられた。誰かは知らなかったが、朝礼で新聞部の腕章をつけてカメラを持っていたので、見つけるのには時間を要さなかった。

それから、彼を目で追い、調べるうちに、怒りとは違う感情が芽生えていた。

(これじゃ、エマがひとめ惚れしたみたいじゃない!)

口にはしないが、立派なひとめ惚れであることはわかっている。

たぶん、当たり前のようにチヤホヤされたり、動物園のパンダのように物珍しく見られたりするのに慣れたなか、ごく普通に扱われたのがうれしかったのだ。

「エマは欲ばりなんです。欲しいものは、ぜーんぶ手に入れてみせますよ……ンッ」

敦史に馬乗りになったまま、臀部をゆっくり収縮させ、身体を揺らした。

互いの性器がわずかに擦れ、下腹部からクチュクチュと微細な濡れ音が漏れる。

「あっ……オチ×チンが大きくなってきた……」

自らの中でつながっている牡肉は、射精後に軟化して存在感を減少した。

それが、恵麻が身体を揺らしたとたん、ムクムクとふくらみはじめた。

徐々に芯が通り、芽吹くように頭をあげる。やがて大樹に育ち、媚肉を突き刺す。

「うう、恵麻ちゃんのナカが狭くて、締めつけられる……うっ」

眉をひそめて苦しそうなのは、性感の表れなのだろう。

（このまま、エマに夢中になって！）

そう願いながらも、恵麻自身、激しい肉悦を堪えきれず、ときおり眉根を寄せてしまう。そして、それ以上の快楽を求め、腰を前後にグラインドさせていた。女陰の外側では陰唇を擦りつけ、内側では硬い肉棒からの圧迫を享受する。

「エマのが狭いんじゃなくて……センパイのオチ×チンがふくらんでいるせいだと思います……あ、ああん……お、奥……奥までみっちり入ってる……」

「かわいい子がエッチなのいいね。制服姿でポニーテールを揺らしてるんだもんな」

破瓜《はか》の鈍痛が残っていたので、激しい摩擦を避けた。その結果、男根を挿入したまま腰を前後にスライドしたのだが、今の恵麻にはちょうどよい塩梅《あんばい》だ。男女の肉が手と手を取るように密に結ばれ、過敏な粘膜でハッキリと存在を認識できる。

「ああっ。オマ×コがオチ×チンの形を覚えて、センパイ専用のオナホにされちゃったらどうしよう……ちょっと曲がったひねくれ者、センパイそのものね」

「チ×ポはカーブしているかもしれないけど、性格はストレートのつもりだよ」

「一見すると正義感もあってまっすぐなんですけど、実はけっこうひねくれ者のような気がします。まあ、悪いひねくれ者ではないんですけどね……あっ」

少し慣れてきたので、動きを変えた。前後に加え、左右にも腰を動かす。腹筋を使い、男の腹の上で淫らなベリーダンスを披露する。

クィッ、クィッと腰を軽快に振ると同時に、尻をキュッと窄めた。

「おおっ。オマ×コに噛みつかれる。攻撃的だよ。根もとからグイグイくるね」

顎をあげて悦んでいるので、気に入ってくれたのだろう。肉棒はギンギンに吠え猛り、膣奥にまで伸びてくる。少しカーブしているせいか、子宮付近を押し広げた。

腰の角度を変え、その当たる位置を補正する。

（ここ……いや、ここかな……いや、もっと先かも……）

はじめての性交に自身も手探りだ。ただ、男を受け入れてジンジン疼くなかでも、当たり方次第で感じ方が異なるのはだんだんわかってきた。

（もうちょっと……もう少しだけ前に……）

わずかに身体の角度を変えた瞬間、行きづまっていた肉棒がグンと伸び、さらに奥まで侵入した。微々たるズレを補正しただけで、男女の肉体は最適な居所に収まる。

それは、挿入された恵麻だけではなく、敦史も気づいたようだ。

「うおっ。さっきのバキュームフェラみたいに、オマ×コが吸いついてきた。チ×コをまる呑みされてるよ。ちょっと待って……これ、ヤバいよ」

ベストポジションを維持しながら、尻肉をクッションにして腰を揺らす。

「んっ、んっ……待てと言われたって待てるわけはないじゃないですか。感じるところを見つけたら、もうジェットコースターと同じで進むしかありません」

「ああ、マジでおかしくなる……セックスってこんなに気持ちよいんだ……あう」

うっとりとした恍惚の表情で身を委ねながらも、ときおり眉間に皺を寄せて強い性感に抗っている。それは恵麻も同じで、亀頭からの圧力が腹側のコリコリしたところにかかると、肉悦に呑まれそうになり、顔をしかめてしまう。

「当然よ。だってエマとナマで触れ合っているのよ。気持ちよくないわけがないじゃないですか……アア……でもこれ、頭のヒューズが飛んじゃいそう！」

腰をグッと押しつけると、肉槍の先がスイートスポットを突いた。

その瞬間、シンバルを鳴らしたときのように、快感が反響する。

気を失ってしまいそうなほど強靭《きょうじん》な痺れが脊椎を遡り、脳を震わせた。

敦史は眉をひそめ、目を細めて見あげる。

「さすがに次は外に出そうか」

「センパイは男子として責任を取る気がないんですか。エマとエッチするのに安全第一なんてありえません。それに、もう遅いです」

「もちろん、覚悟はある。でも、そうなったらママドルだよ」

「なに言ってるんですか。引退ですよ、引退」

答えながらも、腰はボートを漕ぐように、わずかに前後に揺らし、肉壺を攪拌《かくはん》した。

摩擦の強さではなく、つながりの深さを求め、互いの過不足を埋め合う。

「もったいないなあ。まだまだこれからなのに、あっさり辞めるんだ？」

「アイドルは夢で、今はまだ途中です。でも、もし赤ちゃんができたら、人生観が変わると思います。だって、アイドルである前に、女の子なんですから。だから、今のうちに恋愛もしっかりしたいんです。エマは二兎を追って、どっちも捕まえます」

「確かに、恵麻ちゃんならどっちも成功しそうだね」

「でも、あくまで万一の話ですよ。それまで、エマはトップアイドルを目指すんですから。ところで、センパイの夢ってなんですか」

「俺の夢……今は新聞社に勤めて、政治不正の記事を書くことかな。ほら、政治ってクリーンな仕組みのはずなのに、いつも不正ばかりだろ。そういうのを暴きたい」

「センパイらしいですね」

「そうかな。でも、今は恵麻ちゃんの性感帯を暴きたい。記事にはできないけど」

寝たまま手をポケットに忍ばせ、なにかを取り出した。それを結合部に迫らせる。

「昔の男性は自慰に使ったみたいだから、俺の指よりはいいと思うよ」

「そんなもの、いつのま――アッ」

少し前の部屋にあったコンニャクを、ふたりの狭間の手前に当てた。

体重を落とすと、陰核がクッションに包まれる。

ツルツルとしたなめらかな質感に加え、加重を受け止める弾力が新鮮だ。

「道具はちょっと卑怯だと思います。ンンッ」

肉芽に悪戯され、声を抑えられなかった。独特の感触に宝珠の表面を磨かれると、炭酸飲料の気泡のように性悦が際限なく湧き、それが細かく弾ける。

「アッ、アアンッ……ズルい。センパイ、ズルい……ン、アッ、アアンッ」

陰核を直接弄られ、言葉がとぎれとぎれになった。不思議な弾力が女の弱点をやさしく包みつつ、重厚な圧迫感をもたらす。人の指では得られない快楽を生み出した。

爪の先ほどの小さな肉芽から極彩色の悦楽が幾重にも芽吹き、脳裏に咲き乱れる。

「効果テキメンだね。オマ×コがギュウギュウ締めてくる」

恵麻の中で肉樹はいっそう逞しく育ち、新鮮な樹液を漏らした。過敏な粘膜に汁気が補充され、摩擦レスに近づく。わずかに尻肉をあげ、自ら肉槍に貫かれる。

子宮まで亀頭が迫り、圧迫感はマックスになった。

「アッ、ダメッ。砕けそう……早くッ、早く出して！」

性器の外側と内側を同時に責められ、ロストバージンを迎えたばかりの女体は強い刺激に翻弄された。男と女の卑肉が手を握るかのように深く重なり、微細に弾けていた性感の泡立ちは激しさを増す。風船がふくらむように恵麻の中で快感が大きく広がり、今まで達したことのない危険領域へと迫る。

「ほ、ホントに、もう、ダメ……アッ、アアン……」

蕩けて崩れそうな感覚に突入し、回帰不能点を過ぎたことを悟った。

コンニャクで陰核を圧迫しながら、敦史はグッと腰を反らし、恵麻ごと身体をわずかに浮かせる。どこにそんな力があるのだろうと思うほどに、全身を力ませた。

一ミリでも深くペニスをねじこみ、少しでも子宮に密接させようとする。

「うおおっ……で、で、出る！」

吠えると同時に、恵麻の中で勃起が力強く脈打ち、急激に熱くなった。

二度目の射精ながら、子宮口に熱湯を注がれているかのように錯覚させられる。

熱い体液を女の園に注がれ、肉棒さえ届かぬ場所から火が出そうだ。

「アアッ……も、燃えてる……エッチなミルクがエマの中に……」

ふくれあがった性感が爆発し、それが一気に四散した。

快美なアクメに背中が痺れ、激情のうねりに身を委ねる以外はなにもできない。

「うう。恵麻ちゃんが、俺のザーメンを……吸うみたいだ……あう……」

男性器が疼き、精液が射出されるたびに、じわりじわりと熱が広がり、同時に恵麻の身体が敦史に支配されているかのような気さえした。

それは決して不快というわけではなく、ふたつの肉体が混ざる心地よさを伴う。

（やっぱり、セックスってすごい……センパイでよかった……）

恵麻は敦史の腹の上で背すじをまっすぐに伸ばして、絶頂の余韻を堪能した。

甘い痺れがかすかに背中に残るなか、深呼吸をくり返していると、頭上がギッと軋んだ。ふたりがコースアウトしたトンネルだ。

「ねえねえ、さっき猫の鳴き声してなかったかしら。ちょっと不気味なんだけど」

「俺には赤ちゃんの泣き声に聞こえたぜ。途中にホルマリン漬けの瓶があったよね」

先にトンネルに入ったので知っている。そんな声はしていない。

たぶん、あえぎ声を聞かれてしまったのだろう。

敦史が額から汗をこぼしながら静かに笑うと、恵麻も自然と微笑み返した。

ふたりきりでいるのも、そろそろ限界だ。

（出口まであと少し。このまま時間が止まればいいのにな……）

第六章　後夜祭の伝説

1

（両手に花のはずなのに、前門の虎、後門の狼みたいだ）
本校の男子なら誰もが憧れる状況ながら、冷や汗が止まらない。
文化祭が終わり、ホームルームののち、後片づけとなった。
明日の午前中も片づけなので、急ぎの作業でなければ、後夜祭までの自由時間だ。
そんななか、敦史の机のまわりは少し様子が違う。
右側からは上品な石鹼を思わせる芳香が漂い、鼻先をくすぐる。
三年生の詩織が、敦史の机の右側に座っている。

彼女はシャープペンシルを唇に当てながら、横髪を耳にかけた。

涼やかな眼差しで、机の上に広げられた学校の地図を見つめている。

「新聞部はどこでカメラを構えるのかしら。体育館の中はお祭り騒ぎだから、見通しの利くキャットウォークなんてどうかしら。私もそこから監視する予定よ」

そう言って、やや横目で敦史に視線を送った。白い頬にかすかな朱が混ざる。

それに留まらず、机の下では敦史の膝頭に手を乗せ、そっと撫でていた。

予想外のむず痒さに背すじを震わせながら、台詞の意図を考える。

(今のはつまり、後夜祭はそこにいるから、誘いに来いってことだよな……あうっ。

詩織さんの手つきがエッチだ。くすぐったくて、ムズムズする)

細い指先は内股にまで侵入し、爪先は股座で軽やかにターンした。

そのすぐ先は男性器で、彼女とのセックスを思い出さないわけにはいかない。

彼女のおかげで童貞を卒業し、男にさせてもらった。

(でも、そんな簡単に人間が変わるわけじゃないし、やっぱり迷う！)

一方、左側からはオレンジを思わせるフレッシュな香りが漂い、目が覚める。

一年生の恵麻が、敦史の机の左側に座っていた。

机には文化祭特集のゲラが広げられ、赤ペンが書きこんである。

もちろん、記事は彼女のミニライブについてだ。

切りそろえられた前髪の向こうから、大きな瞳でゲラを見つめている。

「カメラが壊れたから別の写真を使うにしても、これは舞台もポーズもイマイチです。エマが協力しているんだから、紙面にもっと華が欲しいですね。そうだ。後夜祭の壇上で撮り直すのはどうですか。フォークダンスの写真なんてレアですよ」

そう言って、笑顔全開のかわいらしい顔を向けた。

机の上に身を乗り出したときに、女性のふくらみが敦史の二の腕に当たった。

ふっくらした極上の感触を腕に覚えながら、台詞の意図を考えた。

(今のはつまり、後夜祭はそこにいるから、誘いに来いってことだよな……あうっ。絶対に、わざとおっぱいを押しつけてきてるよ！)

想像を裏づけるかのように、敦史の腕は乳房の谷間に挟まれ、極楽を独占した。

女体の象徴ともいえる部位はふにふにとやわらかく、ボールのような反発も伴い、性質の異なる魅力がつまっている。

女体を意識すると、彼女から捧げられた純潔を思い出さないわけにはいかない。

オバケ屋敷という風変わりな状況もあって、きっと一生忘れないだろう。

(俺は……いったいどうすればいいんだ……)

敦史の目の前には、言わば究極の二択が突きつけられている。

告白できるのはひとりだけ、その候補はふたり。

年上美女の詩織か、年下アイドルの恵麻か。

(合意のうえとはいえ、ふたりとも文化祭中にエッチしちゃったんだよな)

どちらを選んでも、自慢できるほどのカノジョだ。

ふたりとも素晴らしい女性だけに、ひとりを選ぶのはためらわざるをえない。

運命の後夜祭まで残り一時間を切り、濃厚な思い出が脳内を駆けめぐった。数字に例えるなら、百点の出来事ばかりで、天秤はいっさい傾かず、決断には至らない。

「ねえ、アッくん……どういうこと?」

正面の瑞樹が尋ねた。状況的には、ホームルーム終了後、敦史と瑞樹がしゃべっているときに、詩織と恵麻が横に座り、瑞樹との会話に割りこんだ。不満なのは当然だ。

「後夜祭の撮影場所を打ち合わせしているのよ」

「写真の撮り直しを相談しています」

詩織と恵麻が答え、そして意味ありげな視線を敦史に向けた。

三つ編みおさげの幼馴染みは小刻みに唇を震わせ、顔を蒼くする。

「変わった……ふたりとも雰囲気が違う……」

なにが違うというのかと聞き返そうと思った直前、恵麻に男女の関係は滲んでしまうと言われたことを思い出した。瑞樹はそれぞれの関係を察したのかもしれない。彼女の不安げな表情もあって、胸中は今まで以上に落ち着かない。

聞くべきか迷っていると、丸眼鏡の向こうで、やや下がりぎみな目尻が潤んだ。滴を浮かべ、乳白色の頬の曲線にそって静かに流れ落ちる。

瑞樹は無言で席を立ち、教室を走り出た。

同時に、足下から崩れ、底なし沼に沈むかのような不安に襲われる。

(ダメだ。ここで放っておいたら、絶対に取り返しがつかないことになる!)

身体が勝手に反応し、敦史も立ちあがった。

同時に左右から袖をつかまれた。ふたりの瞳が、行くなと訴えている。

だが、己の気持ちには抗えなかった。

「ごめんなさい。今はそれしか言えません」

そう言い残すと、急いで瑞樹のうしろ姿を追った。

「……九回裏に逆転された気分はどう?」

詩織は机に広げていた地図を静かに畳みはじめた。

恵麻もゲラを閉じ、うつむきぎみに肩を小さく震わせた。

「本気だったのになぁ……それにしても、センパイは強いんですね。ダメージないみたいじゃないですか。さすが、鋼鉄の処女と呼ばれるだけはありますね」

「馬鹿言わないで。これでも傷心しているのよ。でも、フラれるのははじめてじゃないから、最初ほどダメージは受けていないだけよ」

「へえ……センパイほどの美女でも袖にされるんですね」

「男女の間はいろいろあるから。ただ、ここであなたと会ったとき、彼女にも会った。その瞬間、負け戦の空気は察したわ。だから焦りもしたし、思いきった手にも出た。たぶん、彼とはよい関係になった。でも、恋人には選ばれなかった。それだけよ」

ポケットからハンカチを取り出そうとして、自分のものではないことに気づいてそっと戻す。改めて、同じポケットから自分のものを出し、恵麻に渡す。

顔を下に向けたまま、恵麻は受け取り、目尻をサッと拭う。

「さっきの負け戦って話ですけど、エマも思いました。恋人関係の一歩手前って感じだなって。見ればわかっちゃうんですよね、そういうの」

「そうね。私たちが、曖昧なふたりの背中を押したのかもしれないわ。あなたと私はフラれたんじゃなくて、キューピットだったのよ」

「センパイって、もっと根暗かと思ってました。超ポジティブなんですね」

「だって、仕方ないでしょ。ここでメソメソするわけにもいかないわ」

机の荷物をまとめ、立ちあがった。そして、下級生に手をさし出す。

「江口恵麻ともあろう者が、後夜祭に出なくていいのかしら」

当の恵麻はその手を握り返し、席を立つ。

「どうしようかな。片っ端から踊りまくって、告白されたら全部断ろうかな」

「楽しそうね。あなたなら大記録を作れるわ。それも悪くはないけど、眺望の素敵な場所を知ってるの。ふだんは入れないんだけど、どうかしら。たぶん、静かよ」

詩織の誘いに、恵麻は唇の端を傾ける。

「あら。それはダンスのお誘いですか」

「そうよ。期待している男子には悪いけど、あなたを独占してみようかと思って」

「……やっぱり、今日はチヤホヤされる気分じゃないわ。行きましょう、センパイ」

ふたりは後夜祭に足を踏み出した。

「待てよ、瑞樹！　待ってくれ！」

叫んだつもりだが、その声は彼女のもとには届かない。校内は片づける者や後夜祭に向かう者で騒然としていた。そのうえ、走りながらでは声が出ない。体力に自信はないが、それでも瑞樹にならば負ける気はしない。ただ、刻一刻と状況の変わる障害物走で、距離をつめては離される。

(アイツ、どこに向かってるんだ……)

職員室のある棟に行き、階段をのぼった。校内の地図を想像すると、家庭科室かと思ったが、階段をのぼりつづけた。

最上階のさらに先からは、ギィィィと錆びた蝶番が悲鳴をあげる。

同時に、涼しい空気が流れてくる。屋上だ。

そこに飛びこむと、背後では重々しい音を響かせて扉が閉じた。

荒らげた息をくり返しながら、彼女の姿を追う。

屋上のフェンスに指をかけ、遠くを眺めている。

「ごめん、瑞樹。彼女たちとそういう関係になったのは事実だ。たとえ殴られようが、非難されようが、ふたりには今度謝る」

ふたりには恋愛や性体験はもちろん、多くのことを教わったし、気づかされた。

恵麻に夢を聞かれたとき、新聞記者と答えたが、それは今の目標でしかない。

小学生低学年のとき、クラスの新聞委員を務め、そこで書いた記事をみんなが楽しんでくれた。その中に瑞樹もいた。大事なことを忘れていた。

「俺は、おまえが笑ってくれるネタをずっと探す。だから、俺と踊ってくれ」

彼女の背中に向かって手をさし出しながら、頭を下げた。

太陽が沈みかけ、空は茜色の夕暮と、暗い夜空が混ざり合う神秘的な色合だった。

オクラホマミキサーの軽快なリズムが遠くで流れている。

2

「私なんかでいいの？」

校内の二大美少女をフッてまで選ばれるとは、にわかには信じがたい。

しかも、ふたりとはおそらく男女の関係にあり、何歩もリードされている。

「おまえじゃなきゃ、ダメなんだ！」

敦史は頭を下げたまま、手を伸ばした。彼の手が自分を求めている。

その手に触れようと手を伸ばす。しかし引っこめ、胸もとを手で覆った。

「本当に……眼鏡だし、できる料理はお婆ちゃんみたいだし、お母さんみたいに口うるさいし、それに性格も明るくないし、詩織先輩や恵麻ちゃんみたい告白されたことだってないし、クラスの端っこにいるようなタイプだよ」

「眼鏡がいやならコンタクトに挑戦すればいいし、お婆ちゃんの味ができるならそれで十分だし、おまえに口うるさく言われないように努力する。でも、俺はあのふたりよりも、瑞樹がいいんだ。おまえを裏切るようなことをしたのは謝る」

さし出された手の指先が、プルプルと震えている。少しツラそうだ。

その指先に引きよせられ、瑞樹も手を伸ばした。

爪先がわずかに触れた瞬間、お互いにそれを待ち望んでいたかのように、指を深く重ね合わせた。ギュッと力強く握られ、そして握り返す。

「悪かった。本当に大切な人が誰か、気づくのが遅くて」

「アッくん、痛い……」

「ゴメン。大丈夫か」

彼は手の力を抜き、一歩近よった。背中を少し曲げ、心配げにのぞきこむ。

(近い……近すぎるよお!)

見慣れた顔が夕陽に照らされていた。

子供の頃から長い時間を彼と過ごすうちに「いつか彼とつき合うかも」とぼんやり思っていたが、一歩進むだけの踏んぎりがつかず、機会を待ちつづけた。

本当にぼんやりしていたようで、彼を失うタイミングが先に訪れた。

それ以上見るのが怖くて逃げたが、結果として彼に選ばれた。

敦史は手の力を緩め、指をほどく。

「泣くほど痛かったのかよ。保健室に行くか」

「バカ……夕陽が目に染みただけよ」

視界が滲んだ。今まで澱のようにたまった不安が涙に洗い流され、胸のうちで新たな感情が急激に芽生える。

「なんだよ、それ。昭和の演歌かよ」

敦史はポケットに手を入れようとしたが、その手をこちらに向けた。ワイシャツの袖口を頬に当てられる。見た目どおり厚く、ゴワゴワした。

「ちょっと……ハンカチぐらい持ちなさいよね……」

思わず文句を言ってしまった。また小うるさいと思われてしまっただろうかと心配したが、なぜか悪い気はせず、もうひと滴、涙が流れた。

「しょうがないだろ。ハンカチをなくすときもあるんだよ」

瑞樹自身も指の甲で涙を払い、顔をあげた。

半ば反射的に彼の背中に腕をまわし、超至近距離を保つ。

視界は見慣れた顔に占められている。見慣れたはずなのに、胸がドキドキした。

顎を少しあげ、わずかに唇を突き出す。

察しの悪い彼も気づいたらしく、緊張に声を震わせた。

「い、いいのか」

「だって、ふたりとはしたんでしょ。百倍くらいしてもらわないと」

「百倍ってなんだよ……それに、実はしたことないんだ……」

それならば、答えは簡単だ。目を瞑《つぶ》り、爪先立ちになる。

コツン……。

唇越しに歯がぶつかり、神聖な部分で触れ合った。

小さな面積ながら、そこから感電したかのようにビリビリと痺れ、四肢を震わせる。

多幸感が甘い痺れとなって、全身を駆けめぐった。

ゆっくり踵を落とし、瞼を開けた。

彼の顔は夕陽を浴びて、真っ赤だった。もちろん、それだけではないだろう。

「き、急にすんなよ」

「緊張しないの。だって、そういう気分だったんだもの」

想像以上に大胆な行動に出た自分に驚きながらも、胸の高鳴りは抑えられなかった。

ファーストキスは、相手も時間も場所も悪くない。ただ、ひとつ後悔がある。

「歯がぶつかっちゃったね。ちょっと恥ずかしかった」

「そりゃ、いきなりされれば仕方ないだろ。こういうのは協力が必要なんだ」

「じゃあ……いきなりじゃなく、協力しあいながらなら、大丈夫かな」

ふたたび瞼を閉じ、顎を少し突き出した。

「お、おう。も、もちろんだ……い、いくぞ」

緊張した声に続き、彼はごくっと喉を鳴らした。

やや間を置いて、唇がふにっと押される。唇の先がかすかにむず痒くなった直後、今度はやさしく圧迫された。ひしゃげた互いの唇が斜めになり、深く重なる。

(ああ……もっと……もっと近くに!)

彼を肌で感じているにもかかわらず、それでは飽き足らず、彼の首に腕をまわして引きよせた。下唇はぺちゃんこに潰され、唇からややはずれてしまう。直そうとすると、互いの唇が擦れて甘い痺れが強まる。鼻や眼鏡が邪魔でも、とても唇を離す気にはならず、それどころか、いっそう熱狂的に求めた。

「キスって……すげえ気持ちいいな……」

「うん……すごいね……魔法みたい……ちゅっ」

短い会話を挟みながらも唇肌はひとときも離れず、肉の感触と呼気を交換する。
互いの存在を唇で感じることが、こんなに心地よいとは知らなかった。
するとそれが高揚に火をくべて、胸のうちを熱くさせた。
（おかしな気分になっちゃいそう……いや、もうおかしくなっているのかも……）
接吻の感覚に少し慣れると、女体は貪欲にもさらなる刺激を求めた。
ヌルッと唇を割られる違和感に一瞬身を固め、本能的に侵入を防いでしまう。
（んんっ。びっくりしちゃった……でも、もっとキスしたい！）
唇の力をほんの少し緩めると、敦史の舌が一気に流れこんだ。
唾を潤滑剤がわりに唇のあわいをこじ開け、前歯の狭間を突破する。
瑞樹の舌先は頭をもたげて呼応し、肉片が触れ合う。
（あっ……頭の中がビリビリする……）
互いの味覚器官は唾液に濡れ、ヌルヌルと滑った。
触手のように巻きつくが、すぐにほどけてから み合うことをくり返す。
口内では、ピチャピチャと水音をくぐもらせ、情熱的に愛情を重ねる。
（ああ……キスって、こんなにも気持ちいいものだったんだ！）
唇で触れたときも強い刺激に思えたが、今となっては静電気くらいのものだった。

舌で触れ合うキスは、例えるなら落雷レベルだ。味覚を司るだけあって敏感なのか、舌上の微細な凹凸で触れるのがわかるほどで、しかも唇を塞ぎ、舌をからめ合ううちに、むず痒い快楽に理性が奪われてゆく。

「あんっ……ぴちゃっ……ぴちゅっ……あっ……」

唇を深く重ねると、かすかな濡音とあえぎが漏れる。

だらしなくても抑えられず、むしろ瑞樹からもディープキスをねだってしまいそうになる。それは、敦史も同じようだ。

「んっ、ヤバいな、キスって。俺、暴走しそうだよ……」

「うん、いいよ……もっとして……」

瑞樹自身、己の内側でたぎり出した感情を鎮めてほしかった。

口づけを交わしながら、彼の手が瑞樹の腰に添えられた。

そのままブラウスの上から肋骨を遡ると、ムズムズした感覚が強まってくる。

ブラのアンダーに触れ、一瞬動きを止めたが、ふくらみに覆いかぶさった。

「デカい。デカいなあ、瑞樹のおっぱ——んぷっ」

揶揄されているようで恥ずかしく、彼の唇を塞いだ。

口唇はふたりの唾液にまみれ、顎を伝い落ちる。

不満を察してくれたのか、黙って乳房を弄ってくれた。
彼は手のひらを大きく広げ、衣類越しにゆっくりと揉みしだく。
「うう……ぴちゃっ……おっぱい、感じちゃう……んっ」
キスしながら身体をまさぐられると、血潮が熱くなり、全身はさらに過敏になった。
息苦しさを覚えるほどに狂おしくなり、彼に乳房を捧げつつ、手を下に伸ばす。
(さっきから当たって、気になってた)
下腹部で張り出したテントに手をかぶせると、彼はウウと低く唸った。
そうとうに敏感なことは想像できたので、そのままゆっくり上下にさする。
はじめて触るわけではないが、慣れているわけでもなく、新鮮な感触だった。
「硬い……こんなに硬いんだ、アッくんのオチン——んぷっ」
つい先ほど聞いた台詞に似た言葉が自然と出かけたが、彼からの接吻に邪魔された。
ふたりは情欲に委ねながら、互いの身体を求め合う。
くちづけも苛烈さを極め、自然と唾液を啜り、啜られるまでになった。
もう頭の中がいっぱいいっぱいで、爆発してしまいそうだ。
敦史は舌を引き、一度顔を離す。
「昼飯、部活のビーフシチューだろ。おまえの極上タンのほうが絶対うまいよ」

「バカ……冗談でもそんなこと言わないで。恥ずかしい」

「冗談でも言わないと、俺だって恥ずかしいんだよ……その……いいか？」

具体的に言わずとも察せられたので、小さくうなずく。

心臓の音が聞こえるほど強く脈打ち、女体の奥が物欲しそうに疼く。

この先は未体験だ。首肯するのに精いっぱいで、立ちすくんでしまう。

「むこうを向いてくれ」

見つめ合いたい一方で、見られることは恥ずかしく、外を向くことに問題はない。

金網フェンスのはるか先に体育館が見え、フォークダンスの軽快な音楽が聞こえる。

「サボっちゃったね、後夜祭……」

「おまえといっしょなら、ここが後夜祭の会場だよ。ああ、最高の尻だなあ」

スカートをまくりあげ、背後から臀部やふとももを撫で、そして揉みしだく。

ショーツを穿いたままの臀裂が歪み、尻穴までムズムズする。

どんな下着だったかを思い出そうとしたが、愛撫を受けて邪魔された。

「んっ……私、太っているから、あんまり身体のことは言わないで……あん」

「つまんないこと言うなよ。瑞樹がデブなら、クラスの大半はデブになっちまう。もっと自分に自信を持てよ。本当にいいケツだと思うぜ。さて、脱がすぞ」

両手を下着にさしこまれ、膝まで下ろされた。薄黄色の小さな布きれが膝のあたりでまるまるのを見て、ようやく色を思い出す。だが、それに安心する暇はなかった。敦史の指先があてがわれ、ゆっくり陰唇を裂くと、くちゅっと小さな水音が漏れる。

「痛ッ……くない……かも……」

今まで誰にも許したことのない肉路を押し広げられた。違和感はあるものの、痛みや嫌悪はない。むしろ、はじめて媚肉を捏ねられ、刺激の強さに恐怖すら覚える。

過敏な肉が異物を受け入れ、過剰に反応している。

「ああ……な、なにか、おかしくなる……」

金網にかけた指を力いっぱいに握り、フェンスが軋んだ。

今まで以上にダイレクトな性感で、尻を突き出してしまう。自らの身体の内側を弄られ、怖いからやめてほしいと思う一方で、肉体はそれ以上を渇望している。

「すごく濡れてるな。これなら大丈夫かもしれない」

ゆっくり指を引き抜かれた。刺激が緩むことに安堵すると同時に、失う寂しさが胸中で入り乱れる。

複雑な感情に困惑しつつも、荒くなっていた呼吸を整えようと深く息を吸う。

頭を下げていたので股下の向こうでは、敦史が自らの屹立を握るのが見えた。

「おまえの巨尻を見てるだけで、チ×コが爆発しそうだよ」

「巨尻って、そんな言葉あるの。それに女子には褒め言葉じゃないわ。ひゃん！」

男根の先端が臀裂をかすめ、思わずヘンな声をあげていた。

自分では触れない場所を男性器に弄られて、少しくすぐったい。

「ゴメン、わざとじゃない。興奮しすぎて、自分で無理やり下に向けないとならなくて。もうちょっと、お尻を出してくれよ。俺もほとんど未経験なんだから」

先ほどの敦史の言葉ではないが、協力が必要なのは容易に察せられる。

金網を握ったまま半歩下がった。必然的に腰を突き出し、馬跳びに似た姿勢になる。

「ありがとう。これなら入れられそうだ」

陰唇を熱いもので押されると、肉片がほどけ、かすかな濡れ音がクチュッと漏れた。

そのまま、肉の狭間を上下にゆっくり捏ねられる。

腹の奥でムズムズした感覚が強まり、くすぐったくて腰をくねらせてしまう。

「おまえのケツが揺れるの、すごくエロいな。でも、少し待ってくれよ」

二度三度とくり返すたびに、貼りついていた姫肉がほどけてゆく。

男根は徐々に陰唇をかき分け、ほんの先端だけで女体と触れ合う。

（ああ……もう少しでひとつになれるんだ……）

姫口の外側で擦れていた感覚は、ゆっくりと亀裂の内側へと迫った。くすぐったくも、異物を受け入れた違和感を覚える。自分のものではない熱源がドクンドクンと吠えたて、侵入するタイミングを今か今かと待ち望んでいた。

「もうすぐ……たぶん、もうちょっとだから、このまま……あっ」

背後からの呻き声と同時に、敦史の分身は女門を突破し、怒濤《どとう》のように押しよせた。今まで大切に守られてきた純潔を亀頭が裂き、男女の身体はより深く結ばれる。尻肉を敦史の腰でグッと押されると、肉槍も最深部へと肉迫する。

「ああ……つながった……つながってるぞ、俺たち！」

「そ、そんなこと、言わなくても、わ、わかってるよお……」

あまりの衝撃に瞼をきつく閉じて、金網を力任せに握っていた。

「ひょっとして、痛いのか」

痛みはある。包丁で指先を切ったときのような鋭い痛みだ。だが、それだけではない。敏感な部位で触れ合い、背すじがムズムズする性感もある。はじめて膣に男性を受け入れ、脳が痺れて機能していない。

「わかんない……身体がバラバラになりそう……うう。でも、大丈夫……」

「なるべくやさしくするから、もうちょっとがんばれるか」

腰を突き出し、前を向いたままうなずく。

「悪いな。すぐに済ます」

「そんなふうに言わないで。私でたくさん気持ちよくなってほしいの……だから、ほかの女の子のところに行ったら、絶対にダメだよ」

「もちろん。これからはおまえひとりだ。だって、後夜祭で結ばれたカップルは幸せになるんだからな。まさか屋上で盛りあがるとは、自分でも思ってなかったけど」

「それを言われると、恥ずかしいな。でも、こういうのは雰囲気とか勢いよ」

「そうだな。そのおかげで、この大きなお尻を好きにできてうれしいよ」

臀部が痛むと同時に、ピシャンと乾いた音が放課後の屋上に響く。

「ひゃん。ちょっと、たたかないでよお」

「おまえは自分の尻が好きじゃないみたいだけど、俺はずっと触りたかった。大きくて安定感があって、ふっくらまるくていい形なんだ。今度ここで昼寝させてくれ」

「バカ。こんなのがカレシで大丈夫かな……」

羞恥で顔を熱くしながら、小声で返した。

「もう我慢できない。そろそろ再開しよう」

「……うん、そうだね。私も慣れてきた気がする」

一度大きく深呼吸すると、腰骨を上からつかまれた。

むぎゅっと膣内に圧力をかけ、男性器が動き出す。わずかに遠ざかり、そしてわずかに押しこまれる。逞しい肉棒が、蒸気機関車の車輪をつなぐ連結棒のように、はじめはゆっくりゆっくりと反復し、男女の肉体をしっかりと結びつける。

「あうう……痛くないから、もっと私で感じて……」

「その……本当に大丈夫なのか。声がツラそうに聞こえるぞ」

「だって、この先、何度もエッチするんでしょ。慣れないといけないから……本当にツラいときは、ちゃんと言うわ」

そうは言ったものの、胸中はさまざまな感情が入り乱れ、自身にも整理しきれていない。好きな男子に告白された喜び、破瓜の痛み、性交による肉体的な違和感と性感、精神的にも肉体的にも初体験だらけだ。ただ、幼少期からの初恋の成就は、苦痛を和らげ、ポジティブな感情を強めている気がした。恋の力は偉大だ。

(覚えているかな、髪型のこと……)

子供の頃、敦史に三つ編みおさげを褒められた。なにげないひとことでしかない。しかし、それがうれしくてたまらなかった。見るほうも慣れてしまえば褒めることはなくなったが、それでもずっと同じ髪型にした。思えば、そのころから敦史を異性として意識していたのかもしれない。少女の恋の物語は、今ようやく第二章に進んだ。

「大丈夫……もっとしても大丈夫だから」

「うん。じゃあ、ペースをあげるよ」

敦史は抽送の速度をあげた。そのぶん、やや乱暴になり、瑞樹の尻肌を腰で打つ。

バチン！　バチン！　バチン！

黄昏《たそがれ》どきの屋上で、規則正しい打擲音《ちょうちゃく》を盛大に響かせた。

その音と同時に女体を揺らされ、ふたりが結ばれていることを強く認識させられる。

「ああ……奥……こんな奥にまで届くなんて……」

男根の出入は速度をあげ、深さを増した。肉棒はピストンをくり返すなかで、徐々に肉路を裂き、最深部にたたずむ女の園へと道を作ろうとする。媚肉は十分に潤い、奥への侵入を許す。

「ああっ。瑞樹のオマ×コ、チョー気持ちいい！　軽快に滑れば滑っただけ、性器の摩擦が肉悦を生み出した。綿菓子みたいにふわふわしたものに包まれて、それがときどきキュッと締めてくるんだ」

「うっ、あう……な、なにもしてないよ……あ、ああん」

冗談に思えるひとことだが、男性の感じ方はそういうもののようだ。

一方、瑞樹にとっては、背後から杭《くい》を打ちこまれる感じがした。

ひたすら奥へとめりこみ、女体の奥深くで男女を密接に結合する。

「あ、あん……ああ……お、おかしくなっちゃう……うっ、あ、あん」

短い距離でしかないが、女肉は何度も何度も愚直に貫かれ、四肢に衝撃が走った。

ビリビリとした電流にも似た甘い痺れが、徐々に強まる。

馬跳びの馬のように腰を突き出していたはずなのに、いつの間にか、足下がおぼつかなくなり、前へ前へと移動し、身体の前面を金網に押しつけていた。

身体を拘束され、自由を奪われる。だが、自由があったところで、頭の中は嵐のような劣情に襲われ、欲望に身を委ねていただろう。

ふたりとも直立になり、敦史が背後から身体をぶつけるような荒々しい抽送をくり返す。瑞樹の臀部を押しつぶし、肉杭を打ちこむうちに限界を訴える。

「ううっ。もうダメだ……イッてもいいか……」

「うん、いいよ……私の中にいっぱい出して……」

わずかに振り返ると、ふたりの唇が自然と近より、密着していた。

唾液をたっぷりまぶした唇と舌をからめながら、互いの劣情を高める。

淫らなキスを交わして、敦史はラストスパートとばかりに乱暴にペニスを刺す。

狭い肉路を今まで以上に広げ、男根を深くねじこむ。

「ぴちゃっ……あっ、アッくんのがふくらんできた……」

「うう、もうダメになりそうだ……」

「いいよ……来て……アッくんを感じさせて……」

「い、イクよ……出る出る出る……うっ、うう……」

呻きながら、敦史は背後から唇を塞ぐ。

深く刺された肉杭がドクンと大きく脈打つと同時に、もうひとまわり逞しくふくれ、精液が膣内に放出された。火傷すると思うほど熱く、敦史は瑞樹の尻を持ちあげるかのように荒々しく肉棒を刺し、激情の証を命の揺籃《ようらん》へと注ぐ。

(熱いっ。焼けちゃいそう……やだ、なにかくる……アッ)

吐精を身体の中で受け止めると、圧倒的なまでの熱量に背すじが短く震え、一気に高みに達していた。無重力をふわふわと漂うかのような恍惚感で、そのままゆっくり気を失ってしまいそうだ。

瞼をぎゅっと閉じた暗闇のなか、至る所で触れ合う敦史の存在だけが頼りだった。

不安でありながらも、身を委ねることに悦びすら感じ、安堵を覚えた。

3

「ゴメンな。眼鏡、弁償するよ」

敦史は、幼馴染みの瑞樹を選んだ。校内二大美少女を袖にしての決断に心苦しさを覚えたが、後悔はない。勢いもあって性交したところ、絶頂直後に瑞樹の眼鏡が汗で滑り落ちた。そして不幸なことに、敦史はそれを踏んで壊した。

曲がったフレームや砕けた破片を拾い、給水タンクを支えるコンクリートブロックに腰を下ろしながら、修理できないかいちおう検討したものの、無理と結論づけた。

「ううん、大丈夫。ほら、中学のころから使ってて、ちょうど度も合わなくなってきたし、買いかえようって思ってたから、弁償なんていいよ」

「ダメだ。壊したのは事実だ。それに遠慮しすぎは悪い癖だぞ。帰りに買おう」

すると瑞樹は顔を赤くして、どこか所在なく視線を逸らしながら三つ編みを弄る。

「な、なんか……デートみたいだね……」

思わぬ言葉を聞き、敦史の体温も急上昇し、顔が熱くなる。

（デート……そうだよな。間違いなく恋人同士だし、エッチだってしたのに、関係の変化が急激すぎて、どうも認識が追いついてこないな。ただの買い物なのに……）

たぶん瑞樹の中でも同じような混乱があって、言いにくそうにしたのだろう。

今までと同じ幼馴染みでありながら、その境界を跨いだ関係へと変わった。

そして、その変化をもたらした人物たちを、避けるわけにはいかない。

「ハッキリ言えば、詩織先輩とも恵麻ちゃんともエッチした。結果としておまえを傷つけたのは、本当に申し訳なく思う」

「私はいいの。むしろ、あのふたりに背中を押された気がする」

「そういう点ではキューピットだ。ふたりのおかげだよ」

「でも、やっぱり曖昧なのはよくないわ。身体を許したってことは、心も許したわけだから。少なからず傷ついているはずよ」

「そうだよな……きちんと頭を下げて謝罪する。それが、けじめなんだと思う」

「それがいいと――あっ……」

強い横風が吹き、三つ編みを揺らした。日の沈みかけた黄昏の風は冷たい。

恋人との距離をつめ、彼女の肩に腕をそっとまわす。

「寒いだろ。中に入ろうか。風邪を引いても困るしな」

「うん。そうだね……」

瑞樹も身体を傾け、体重を預けてきた。彼女自身の体熱を腕の中に感じる。

シフォンケーキを思わせる女体のやわらかさと甘い香りに、身体がムズムズする。

腕の中で、わずかに顔をあげた。ふくよかな頬には朱がさしている。

「……もうちょっとここにいたいかも」

瑞樹が静かに瞼を閉じ、ふっくらした唇を少し突き出した。

彼女からのサインを察し、両腕で彼女を抱き、唇を重ねる。

ふっくらした唇を押し、密に触れると、思わず食べたくなるほど極上の感触だ。

（瑞樹とのキス、最高だな……ただ、少し違和感が……ひょっとして……）

その正体を探るうちに、ひとつの結論に至った。ゆっくり唇を押し返す。

「あのさ、ちょっとお願いがあるんだけど。髪をほどいてみないか」

「髪を……ほどいたら結わえるの面倒なんだよ。でも、そう言うなら……」

ぶつぶつ文句を言いながらも、三つ編みを前に移してほどきはじめた。

敦史はその様子を凝視する。違和感のきっかけは、彼女のトレードマークともいえる眼鏡が欠けたことだった。見慣れたものがないことに違和感を覚える一方、やや大きな瞳に控えめな小鼻が生来の姿を見せ、彼女の表情が新鮮に思えた。

「まったく急になにを言うかと思えば……はい、これでいい？」

長い黒髪を両サイドから手で梳くと、夕陽を浴びて赤く煌めいて指からこぼれた。

（やっぱり！）

ひとめ見るなり、確信した。髪型と眼鏡に特徴があったために、瑞樹は成長しても外見の印象は変わらず、その美しさを封じていた。

眼鏡をはずし、髪をほどいたことで、幼女から少女へと脱皮した。

目尻の少し垂れた温和な目に、不安そうな影が浮かぶ。

「どうしたの、黙って……そんなにジッと見ないでよ……」

視線を逸らしながら、両手で横髪に手ぐしを通してソワソワした。

黒髪の隙間を夕陽が透け、神秘的な色合になる。

「三つ編みじゃなくても……すごくきれいだ……と思う……」

口を開くと止まらないのは新聞部の性質なのか、言いきったあとで、それを言った敦史自身、身体をかきむしりたくなるほどに恥ずかしかった。

「ありがとう……そんなこと言われたのはじめてだからうれしい……あれ？」

瑞樹が視線を向けた先は、敦史の下腹部だった。

性行為を終えてズボンを穿いているが、その股間が不自然に盛りあがっている。

「髪をほどいた瑞樹を見たら、急にムラムラしだして。ゴメン」

「んもう。ホント、男子ってエロいんだから……あと一回だけだよ」

「えっ……いいのか？」

「当然でしょ。私、あなたのカノジョなんだから、多少はわがままにつき合うわ。そのかわり、終わったら、眼鏡屋さんデートだからね。ズボン下ろして、そこ座って」

「はい……お願いします」

早速尻に敷かれている気もするが、昔からこういう関係なので、それはそれで慣れている。むしろ、恋人になっても変わらない感じは悪くない。

ズボンを脱いでコンクリートに座り直すと、瑞樹が敦史の足を広げて膝をつく。

二つの瞳が股間に集中する。もの珍しいのか、彼女は顔の角度を変えて眺めている。しかも眼鏡がないので、超至近距離でだ。

「不思議だね、オチ×チンって。ふだん小さいのに、こんなに大きくなるんだもの」

「いや、これまだ半勃ちってヤツで、もっと硬くなるんだ」

「ウソッ。勃起ってこの状態じゃないの？」

彼女は目を見開いて驚愕し、いっそう好奇の視線で見つめている。

先ほど一戦を終えて包茎に戻っているのが恥ずかしく、視線がくすぐったい。

しかも、つい先ほど、少女の口から出た卑語に鼻息が荒らいだ。

「あの、瑞樹さん……ちょっとお願いが……」

瑞樹はあからさまにいやそうに顔をしかめる。

「今度はなに。さんづけで呼ぶときは、悪いことをするときって決まってるのよね」

「そこまでわかってるなら話が早い。言いにくいんだけど、俺のチ×コのこと、オチ×チンじゃなくって、チ×ポ、いや、マラ、いや、オチ×ポって呼んでくれないか」

人生ではじめて男性器の呼称を連呼すると、おそらくそれを人生はじめて聞いた瑞樹は、器用なことに、怒りながらも一瞬にして恥ずかしそうに顔を真っ赤にする。

「バカ！　そんなこと、言えるわけないいじゃない！」

「そこをなんとか。そんなことだからこそ、カノジョ以外には頼めないよ。今だけでいいから。今度、千疋屋《せんびきや》でパフェをご馳走するんで」

両手を合わせて拝んだ。向こうがこちらの弱点を知るように、こちらも向こうの弱点を知っている。そして、瑞樹は眉をひそめ、唇をもぞもぞさせながら結論を導く。

「……紅茶もつけてよ。ホント、エッチなんだから」

文句を言いつつも、改めて顔を肉棒に向けた。大きさこそ臨戦態勢に近いが、ふくらみきらずにお辞儀をしている。この数日で連射して、簡単には回復してくれない。

ただ、気持ちはもう待ちきれなくなり、リクエストした。

「先っぽのほうを握って……そうそう。そうしたら、今度はゆっくり下ろして」

瑞樹はかぼそい指で亀頭の括れを摘まみ、指示に従った。

薄皮は呆気なくめくれ、赤い実が露出する。その瞬間、夏の草叢を思わせる青ぐさい臭いが漂った。敦史が気づくほどだから、瑞樹も気づいただろう。

「ゴメン。さっき出したから、その臭いが残ってるんだと思う」

「気にしないで。アッくんのオチ×チン……違う。チ×コ、でもなくって、チ×ポ……いや、マラでもなくって……オチ×ポの匂い、キライじゃないよ」

制服姿の女子高生に男性器の呼称を連呼され、当のオチ×ポがヒクッと疼く。

「放っておいてゴメンね。今、舐めてあげるから」

敦史に、というよりも、男性器に語りかけたのち、長い黒髪を背中に寄せ、前に屈んだ。やや肉厚のプリッとふくらんだ唇をまるく広げ、亀頭肌が呼吸を感じるまでに迫り、そして彼女の唇の中に消えてゆく。

「ああ……温かい……最高だ……」

男性器の先端を口に含まれると、冬場に湯船に浸かったように体中の神経が蕩け、脱力する感覚がはじまった。ふっくらした唇が竿に張りつき、舌先が絶え間なく裏スジや括れにからんで、温もりを伝える。口内の温かさが男の疲れを癒した。

「はむ、はむ……んっ。本当だ……お、オチ×ポ、元気になってきた」

健気に約束を守った。恥ずかしそうな表情が、さらなる欲情を誘う。

たわんでいた肉槍は先ほどまでの疲労感を一掃し、急速に活力を取り戻す。

(思えば、ヤリまくりだった文化祭も、これがたぶんオーラスだ)

瑞樹、詩織、恵麻の三人と深い仲になり、何度もおいしい思いをした。

そして、後夜祭で最高の女性と結ばれた。

下腹部に顔を埋める女子の横髪に手を伸ばし、髪で隠れていた顔をあらわにする。

「ありがとう。いろいろあったけど、これからもずっといっしょにいよう」

言われた当人はみるみるうちに頬を真っ赤にしてなにか言いたそうにしたが、恥ずかしそうにしたまま、ペニスを深く咥えた。

瑞樹のフェラチオで睾丸あたりがムズムズと燻《いぶ》され、肉棒は硬い芯を取り戻す。

濡れた舌の上を軽快に滑り、竿がホップして興奮を訴える。

コツンと瑞樹の口蓋《こうがい》にぶつかり、彼女は苦しそうにンッと呻いた。

「スマン。大丈夫だったか?」

問いかけると、彼女は小さくうなずいたのち、そのままおしゃぶりを続けた。

ふっくらした唇に根もとをしっかりロックされ、やわらかい濡れ舌はタコの足のように器用に男根を這う。ときどき口蓋に当たったり、内頬のクッションに埋もれたりした。激しさは皆無ながら、快感が絶え間なく変化する。下半身だけ砂糖まみれにされ、甘く溶かされるかのように身体が蕩けてゆく。

「ああ……気持ちいい……」

脳は快楽漬けにされ、うっとりとそう漏らしていた。しかし、彼女の口の中で、屹立は興奮に吠えたて、愛らしくも少し大人びた幼馴染みの口内を、我が物顔で犯す。

一度強めに肉棒を吸ったあと、瑞樹はゆっくり顔を引いた。

潰れた唇の狭間からクチュと卑猥な音とともに、男根が根もとから姿を見せる。

肉茎は唾液の細かな泡をまといながら、蒼白い血管が筋を立てるほど太く育った。

亀頭は卑猥なフォルムを強調するかのように、ヌラヌラと照り返す。

さらに、先端の鈴口はふだんよりパックリ広がり、先走り液をだらしなく垂らす。

男性器は瑞樹の目の前で雄渾にそそり立ち、大きく弾む。

「チョー硬くなったね……エッチしたくてたまんないんでしょ」

うなずくより先に、勃起がピクピクと痙攣する。

「うふふ。オチ×ポは正直者ね。入れたい？」

「もちろん。じゃあ、ちょっと交代しよう。濡らさないとダメだろ」

「たぶん、大丈夫。私もオチ×ポが欲しくなっちゃった……」

軽く握り拳を作って口もとを隠しながら、恥ずかしそうに視線を逸らした。

健気に言いつけを守る恋人に、いっそうの情欲を募らせる。

「瑞樹は真面目でいい子だね。そのまま俺に跨って」

彼女は敦史の前で立ちあがった。

見た目にはブラウスに臙脂色のタイ、それにプリーツスカートと、授業中と変わらない。しかし今は、タイを押しあげる胸のふくらみ、スカートの裾から伸びるムッチリとした乳白色のふとももといった女体に目が向いてしまう。

全体的にやや太めで、実に男の発情を誘う身体だ。

「こうなるんだったら、穿く必要なかったね」

瑞樹はスカートの中に手を入れた。チェック柄の裾が軽やかに揺れ、内股のきわどいところまでチラと見える。腰を曲げながら、足を交互にあげる。真っ白なソックスが脛の途中までまっすぐ伸びているのが彼女っぽい。

「どうしたの、黙っちゃって」

「パンツを脱ぐ女子ってエロいなって思って。いつまでも眺めていられそうだ」

「本当にバカじゃないの」

彼女は両手に薄黄色のショーツを手にしていた。脱ぎたてホカホカの下着だが、敦史の視線から隠すように、急いでポケットにねじこむ。

本当はじっくり見たいし、匂いも嗅ぎたいし、顔を押し当てたいし、もっと言えば頭からかぶってみたいが、さすがにドン引きされそうなので今は我慢する。

「男はいろいろなものにロマンを感じるんだ」

「はあ……私、とんでもないスケベのカノジョになったのかしら」

「溜め息ついていやそうに言うくせに、ちゃんと俺の腰を跨いでくれるから、瑞樹のこと、好きだぜ。いっしょにスケベになろう。さ、おいで」

敦史も自ら肉棒を垂直に立てて待つ。

座ったまま誘うと、瑞樹はスカートの裾を揺らして徐々に腰を落とす。

視界は彼女のブラウスに占められた。豊かなふくらみは砲弾の先端みたいにまるくつっぱり、それがふたつ並んでいるためにいっそう大きく見える。まるで周囲のオスを挑発するかのようだ。しかも、砂糖たっぷりのホットミルクを思わせる甘い体臭が鼻先をくすぐり、深く吸わずにはいられない。肺まで心地よさに酔いそうだ。

敦史からは近すぎて見にくかったが、瑞樹はガニ股ぎみにしゃがむ。

ふたりの身体が肉迫し、肉棒の先で女体の熱量を感じるほどに近づく。

「もうちょっと、もうちょっと腰を落として」

「う、うん……ひゃっ。い、今……んっ」

互いの性器が触れ、瑞樹は呻いた。彼女が言うとおりに十分に潤っているのか、媚肉を裂いても大きな抵抗もなく、ズブズブと埋もれる。亀頭がぬるま湯に浸《つ》かったかのように温かくなった。彼女が腰を落とすにつれ、その感覚が根もとまで広がる。

「やっぱり瑞樹のナカ、素敵だな……ああ……」

腿に腰を下ろし、しっかり結合すると、心地よさのあまりに溜め息が漏れた。

いわゆる対面座位で、敦史は瑞樹を腿に乗せ、瑞樹は敦史の首に腕をまわす。

敦史の眼下では、豊かな乳房が連なり、大パノラマを展開した。

「ゴメン……我慢できない」

顎を少しあげ、瑞樹の唇を塞いだ。抑制が利かず、最初から欲望全開に唇を裂き、奥へ舌を伸ばす。彼女もその気だったのか、なすがままに受け入れ、それどころか、敦史の舌をからめ返し、敦史の歯列や歯茎を舌先で払う。互いの口内で、クチュクチュと小さな濡れ音を奏でる。

（瑞樹のヤツ、イヤらしいキスするな！）

ヌメヌメと舌や唇をからめているうちに、唇の端から唾液が滴り落ちた。

肉棒を深く突き刺したまま、ゆっくり身体を揺らす。

「うう……ああ……んちゅっ……じゅるるっ……」

ディープキスを交わし、敦史の股の上で瑞樹も腰をくねらせた。

互いの身体を一ミリでも深くつなげようと、最適の位置を探る。

そして、敦史にはまだ我慢できないことがあった。

瑞樹のブラウスに手を伸ばし、裾をスカートから出すと、彼女も察したのか、キスをほどき、身体を動かさないかわりに、敦史の目の前でボタンに指をかけた。

臙脂色のタイを緩め、上からひとつふたつとボタンをはずすのに合わせて襟もとが広がり、乳白色の谷間が姿を見せる。豊満な肉房は清楚な純白のブラに支えられながらもたれ合い、蠱惑的な影を生み出す。

「やっぱデカいよな。巨乳だよ、巨乳！」

不覚にも声に出して感動していた。

挿入の最中とあってか、瑞樹は目もとを潤ませ、色っぽい表情で見下ろしている。

「やっぱりデブって言われているみたいで、正直イヤなんだけど……」

確かに、瑞樹は全体的にふっくらしているのは間違いないが、そうではない。

「だから、大丈夫だって。健康的だし、背が高いのと同じで魅力のひとつだ。もし男子がおまえの胸に気づいたら、ちょっかい出してくるヤツが激増するぞ」

敦史がしゃべり終えると、瑞樹は顔を傾け、額を重ねる。

「……でも、この胸を好きにしていいのは、アッくんだけだよ」

「当たり前だろ。無理にでも触ろうとするヤツが現れたら、絶対に守る」

額を密着させたまま、瑞樹は小さくうなずき、背中に両手をまわす。乳房を支えるブラが緩んだ。乳房が解放され、もうひとまわり大きくなったかのように見えた。

肩紐をつけたまま、ブラのカップを自分の乳房の上に乗せる。

「じっくり見られるのは恥ずかしいから、今日はこれで許して」

ブラウスのボタンはすべてはずれて前を広げているものの、脱いではいない。それどころか、首まわりには緩んだ臙脂色のタイが巻きつき、ブラも肩紐も残ったままだ。

不思議なことに、中途半端な脱ぎかけなのがまた、淫猥な雰囲気を強める。

乳房を視界に収めると、もう目を逸らせなくなった。搗きたての餅のようにやわらかそうな乳房が扇形に広がり、乳底でまろやかにたわむ。

白い肉塊にあってひときわ目を惹く桜色の突起は、やや外側に向きながらもピンと上向きだ。しかも、その谷間から、濃厚なミルクの匂いが漂う。

オスの本能に従って、顔を寄せていた。

「ああ……これが瑞樹のおっぱいなんだ……んぐ、んぐ」

鼻頭を谷間に埋め、顔面を擦りつけた。乳房のなめらかな肌と顔面が密着し、極上の質感を堪能する。しかも、乳谷は甘ったるい香りに満ちていた。

「んっ……アッくん、エッチすぎだよお……あん！」

瑞樹は瑞樹で、敦史の頭を思いっきり抱き、腰をくねらせた。

（んぷっ……おっぱいの谷間で窒息なんて……幸せだ！）

乳房に顔を埋めたまま、口と鼻を塞がれて息苦しくなった。まさしく天国と地獄を同時に味わう。少し角度を変えて一度呼吸を整えると、今度は乳頭を口に含んだ。

「ちゅぱっ……ちゅぱ……ああ、うまい……ちゅぱっ……」

口の中で乳首が硬くとがった。その先端はミルクか蜂蜜でも出ているのではないかと錯覚するほどに甘く、腰を屈めて左右交互にしゃぶりつく。口で塞いでいないときは、指で摘まんでクリクリと捻った。

吸引音が響くたびに、瑞樹は身体をビクビク弾ませる。

「う、ううう……先っぽ、感じちゃう……吸われたり、乳首転がされたりすると……あ、あん……腰が止まらないよお……」

腰をくねらせ、男女の肉は閂《かんぬき》をかけたようにしっかりとつながった。

肉壺の中は複雑な作りで、真綿で幾重にも包まれているかのようだ。

ソフトな感触ながら、裏スジや雁首の括れといった男の性感帯を隙間なく塞ぐ。

肉棒を妖しく刺激されると、気持ちをいっそう昂らせて乳房を愛撫した。

「ああ、ダメ……そんなに甘噛みしたらダメ……ああん」

そう言いながらも、瑞樹の腰遣いは激しさを増す一方だ。

己の情欲を体現するかのように、燃えさかる炎のごとく、ゆらゆら女体を揺らす。

腰をグイグイ押しつけて、肉茎を咥えこむ。

（おっぱいが弱点なんだな。大きいだけあるよな。でも、こっちもイキそうだよ）

感じさせようと思って乳房を弄ると、きっちり膣でお返しされる。

真綿状の膣内は絶えず変化し、鮮度がとぎれない。決して勝負ごとではないが、先に果てるのは情けなく、男子のケチなプライドを守りたかった。

乳首を吸いたて、転がし、やや強く抓って反撃する。

「ううっ、私、エッチなのかな……さっきロストバージンしたばかりなのに、おっぱい弄られて、アソコをほじられると……はあん……もっと深く欲しくなっちゃう」

これまで瑞樹は腰を押しつけてきたが、自ら腰を上下に弾ませるようになった。

上から巨大な尻が乗るのに合わせ、パチンパチンと肌をたたき合う。

対面座位で、彼女から積極的に求めてきた。

(うぐっ……これは本格的にヤバい……)

乗馬でもするかのように、リズミカルに敦史の腰の上で跳ね、ペニスは根もとから先端までしごかれた。重厚な尻ピストンは性感の痺れとなり、肉棒を震わせる。

肉と肉、肌と肌がぶつかり、派手な打擲音を響かせた。

「ああ、ダメ……オチ×ポ、奥まで来る……」

威勢よく女陰を貫かれ、泣きそうな顔で悶えている。かといってやめるつもりはないらしく、媚肉は男の欲情を極上の真綿で包む一方、無慈悲なまでにしごいている。

敦史が乳首を咥え、摘まんでいる最中に腰を上下させるものだから、乳房が引っぱられ、形を歪ませながら弾む。

「ああ……乳首が溶けて、ダメになりそう……」

「俺も……んぷっ」

瑞樹は自ら腰を振りながら、敦史の唇を塞いだ。

唇を密着させ、舌をヌラヌラとからめて、唾液とともに愛欲を交わす。

(瑞樹のデカいケツが俺の上で弾んでる!)

スカートがクラゲの遊泳のように軽やかに舞い、その内側ではバスケットのドリブルのごとく、短い間隔でヒップが反復して、互いの身体をぶつけ合う。

敦史はかつて味わったことのない刺激に耐えながら、両乳首をキュッと摘まんだ。

「ンッ、ンンッ。ああ……い、イク……イク、イク、イク……」

瑞樹がキスをしながら呻くと、敦史の身体を力任せに抱きしめた。

その瞬間、膣内の肉襞がいっせいにざわつき、真綿で包まれる感覚が強まった。

女肉の中で分身が同時多発にくすぐられ、吐精を促される。

「もうダメだ……瑞樹！」

我慢に我慢を重ねたが、もはや無駄と諦め、身体の力を全解放する。

ドクンッ！　ドクン！　ドク！　ドク……。

射精がはじまると圧倒的な快感のあまり、女体を無我夢中で抱き返す。

脳が甘く痺れ、意識が遠のくなか、彼女の肉体だけが、まがうことなき現実だった。

ふたりして果てた。魂が抜けるかと思うほどの快感だったので、しばらく身動きひとつできなかった。徐々に理性を取り戻し、抱き合う瑞樹の唇に軽く接吻する。

「急いで片づけよう。眼鏡屋に行かないと」

そう告げると、彼女は小さくうなずく。

講堂の音楽が遠くに聞こえる。

「夕陽ってきれいだね」

太陽は茜色に輝き、今日の終わりを伝える。

今までの幼馴染みという関係に別れを告げるかのようだ。

日も沈みかけ、冷たい風に煽られ、黒髪がたなびく。

「ああん。風が強いと面倒ね」

「ストレートのほうが好きだよ。大人っぽくて……いや、やっぱり戻してくれ」

「ほどけって言ったの、アッくんだよ？」

不満そうな瑞樹に、敦史は小声で答えた。

――三大美少女になると、俺が困るんだよ。

「小さくて聞こえなかったよ。もう一回言って」

「なんでもない。ほら、眼鏡屋が閉まっちまうぞ」

改めて答えるのが恥ずかしく、敦史は先に立ちあがった。

体育館からは、フォークダンスの軽快な音楽が続いている。

後夜祭の伝説はどうやら真実だったが、記事にはできそうになかった。

◉新人作品**大募集**◉

マドンナメイト編集部では、意欲あふれる新人作品を常時募集しております。採用された作品は、本人通知のうえ当文庫より出版されることになります。

【応募要項】未発表作品に限る。四〇〇字詰原稿用紙換算で三〇〇枚以上四〇〇枚以内。必ず梗概をお書き添えのうえ、名前・住所・電話番号を明記してお送り下さい。なお、採否にかかわらず原稿は返却いたしません。また、電話でのお問い合せはご遠慮下さい。

【送付先】〒一〇一-八四〇五　東京都千代田区神田三崎町二-一八-一一　マドンナ社編集部　新人作品募集係

ときめき文化祭《ぶんかさい》　ガチでヤリまくりの学園性活《がくえんせいかつ》

二〇二一年十一月十日　初版発行

著者◉露峰 翠【つゆみね・みどり】

発行◉マドンナ社
発売◉二見書房
東京都千代田区神田三崎町二-一八-一一
電話　〇三-三五一五-二三一一(代表)
郵便振替　〇〇一七〇-四-二六三九

印刷◉株式会社堀内印刷所　製本◉株式会社村上製本所　落丁・乱丁本はお取替えいたします。定価は、カバーに表示してあります。

ISBN978-4-576-21162-6 ◉Printed in Japan ◉©M.Tsuyumine 2021

マドンナメイトが楽しめる！　マドンナ社　**電子出版**（インターネット）……https://madonna.futami.co.jp/

Madonna Mate

オトナの文庫 マドンナメイト

ときめき修学旅行 ヤリまくりの三泊四日
露峰 翠／バスに乗る男子は僕ひとり。熱い視線にさらされ…

美少女変態怪事件
柚木郁人／秘部の異変に苦悩と快楽を味わう少女に…

アイドル姉と女優姉 いきなり秘蜜生活
綾野 馨／母と暮らすことになり姉の存在を知り…

巨乳女探偵物語 孤島の秘祭
上田ながの／失踪した少女を捜しに島を訪れた女探偵は…

田舎の未亡人教師 魅惑の個人レッスン
鮎川りょう／童貞少年は個人授業を受けることに…

ナマイキ巨乳優等生 放課後は僕専用肉玩具
竹内けん／美少女のオナニーを目撃し、驚くべき提案を受け

電子書籍も配信中!!
詳しくはマドンナメイトHP
http://madonna.futami.co.jp

浴衣ハーレム 幼なじみとその美姉
竹内けん／童貞少年は盆踊りで幼なじみとその姉に出会い…

修学旅行はハーレム 処女踊り食いの6日間
竹内けん／修学旅行で名門女子校と同じホテルになり…

姉弟と幼なじみ 甘く危険な三角関係
羽後 旭／幼なじみと肉体関係を結ぶも姉への想いは…

青春R18きっぷ 夜行列車女体めぐりの旅
津村しおり／一夜をともにした女性のことが忘れられず…

青春R18きっぷ みちのく女体めぐりの旅
津村しおり／丈治は旅の先々で大人の女性と出会い…

幼馴染みの美少女と身体が入れ替わったから浮気エッチしてみた
霧野なぐも／幼馴染みの美少女と身体が入れ替わって

Madonna Mate